문학의 샘터를 찾아

백천 김재근 에세이

문학의 샘터를 찾아

하루에 돌아보는 서울 문학기행

산사나무

　옛 속담에 등잔 밑이 어둡다고 했습니다. 우리 선조들이 대대로 삶을 이어온 우리국토의 산과 계곡은 삶의 애환과 역사가 넘쳐 납니다. 그럼에도 불구하고 그냥 지나치기가 쉽지요.

　이 책은 서울에서 삶의 터전을 마련하고 문학의 꿈을 실현하고자 노력한 선인들의 발자취를 따라 7년에 걸쳐 현장을 직접 걸어 답사하면서 그분들의 행적을 담아 본 내용입니다.

　서울은 조선이 개국하고 600여 년의 역사를 이어 발전해 오면서 근현대 문학을 꽃피워 오늘에 이르렀습니다. 오늘 날 그분들이 남긴 자료를 단편적이나마 책으로 엮어 보고자 합니다.

　서울을 차로 다니기는 쉽지만 도보로 그냥 다니기는 쉽지 않습니다. 그리고 관심이 없으면 앞에 두고도 보이지 않지요. 그래서 걸으며 서울 구석구석의 명소나 문학인들의 발자취를 찾아보는 것도 나름 의미가 있다는 생각입니다.

　지금은 백세 건강의 시대, 그냥 걷기보다는 하루 일정을 잡아서 걸으면 건강도 도모하고 서울에 대한 관심도 느낄 수 있는 기회가 되지요. 이 책은 산책하면서 발견한 현장을 기록한 것이라서 미처 발견하지 못한 자료도 있음을 밝힙니다.

오늘날 다양한 콘텐츠 시대에, 하루가 다르게 변화하는 귀중한 시간에, 이 책이 얼마나 독자들의 시선에 들까 하는 의구심과 어떤 도움이 될지 염려가 되면서도 여기 부족한 책을 내어 펼쳐 봅니다.

당초 계획은 생동감 있는 현장 사진과 지도를 더 다양하고 풍부하게 첨부하여 발간하려고 했습니다만 여건에 맞춰 간추려 세상에 내놓습니다.

참고로 이 책은 계간 문예지《인간과문학》에서 2015년 여름호부터 2021년 겨울호까지 특집으로 연재된 내용을 일부 수정·증보하고 2편의 새로운 글을 추가하여 엮은 것입니다. 계간 문예지《인간과문학》에 지면을 마련해 주신 유한근 교수님께 감사의 인사를 드립니다. 또한 이 책 발간에 수고해 주신 산사나무 출판사에도 감사드립니다.

2026년 1월

백천 김재근

2부

3부

서울의 핵: 적선동, 주시경마당, 종로 입구
-조병화, 주요한, 정지용, 박인환. 염상섭, 피천득 선생을 찾아서

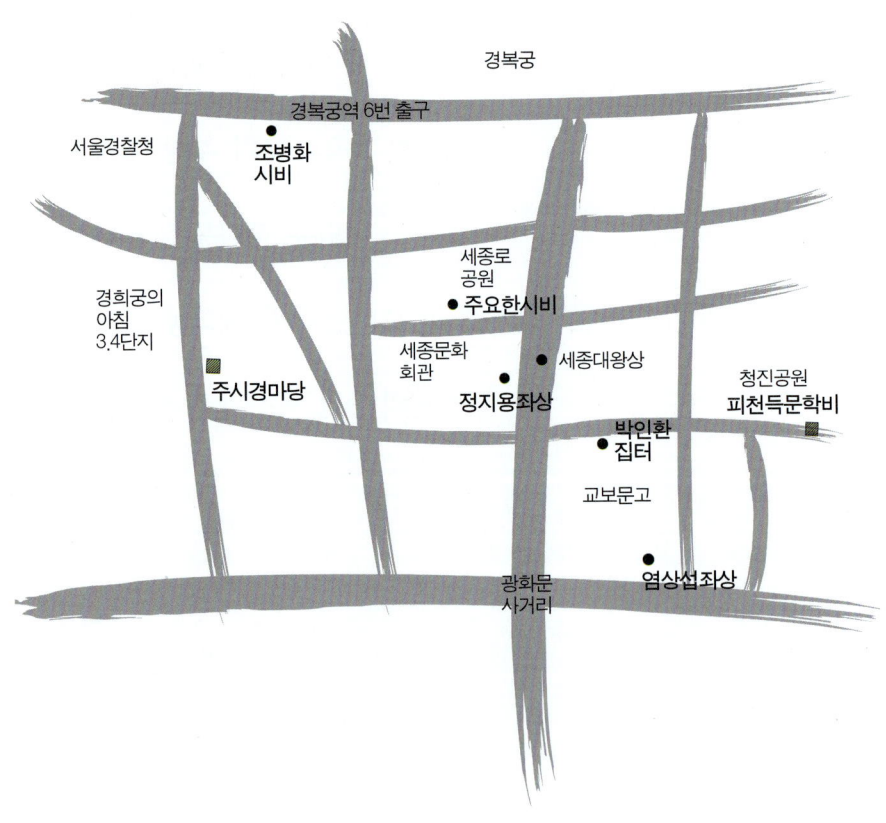

경복궁

경복궁역 6번 출구

서울경찰청

조병화
시비

세종로
공원

주요한시비

경희궁의
아침
3,4단지

세종문화
회관

세종대왕상

청진공원
피천득문학비

주시경마당

정지용좌상

박인환
집터

교보문고

광화문
사거리

염상섭좌상

한 해가 저물어 가는 휴일 아침에 거리에 나섰다. 우리 문학의 발자취를 찾아 나서는 길이다. 겨울 추위에도 젊음은 싱그러웠다. 서울 경찰청 도로 동편 조병화 시인의 시비를 보고 주시경마당의 주시경과 누구보다 한글을 사랑한 헐버트를 만난 뒤 세종로 공원과 광화문으로 나갔다. 서울의 중심이자 대한민국의 상징인 그곳은 경복궁의 정문인 광화문이 정면으로 맞이하고 있는 곳이다. 뒤에는 북악산이 있고 동쪽으로는 낙산, 그리고 서쪽은 인왕산이 버티고 있다. 남쪽으로 남산이 위치하고 있는 조선의 5백년 도읍지인 수도 서울의 한복판, 그중에서도 광화문은 서울의 핵인 것이다. 이런 광화문 광장에는 우리 한국의 어린 학생에서부터 세계 각국의 관광객들이 넘쳐나고 있었다. 특히 한복을 곱게 차려 입은 학생들과 외국인 아가씨까지 이순신 장군 동상과 세종대왕 동상 앞에서 기념 촬영도 하고, 광화문을 배경으로 추억을 담기에 여념이 없는 광경을 보면서 광화문 광장을 둘러보았다.

■ 시인 조병화 시비詩碑

3호선 경복궁역 6번 출구 도로변에 깔끔하게 잘 가꾸어진 소규모 공원(적선동 111-3)이 있다. 이곳에 조병화 선생의 시비詩碑와 박웅진 시인의 시비가 위치하고 있다. 자연석 돌에 조병화 시인의 〈솔개〉라는 제목의 시가 새겨져 있다. 키가 작은 나무들에 싸여 있어 자세히 살펴야 보인다. "하늘에 살고 싶어라/ 바람에/ 떠 있고 싶어라"로 시작되는 시다. 광화문에 오가는 많은 사람들을 보면서 생각해 본다. 사람들은 어떤 생각

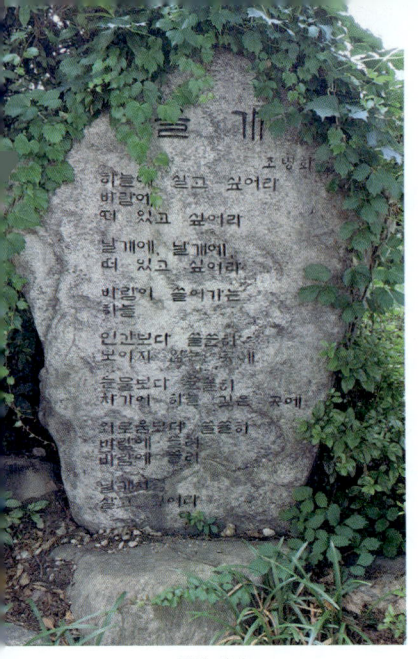

조병화 시비

을 하면서 살아갈까? 각기 다른 저마다의 방식으로 느끼며 생각하며 자신들의 삶을 이어가는데, 경기도 안성 출신의 편운片雲 조병화 시인은 1921년에 출생하여 2003년에 작고한 시인이다. 조병화 시인은 50여 권의 시집을 발간했다. 시 〈솔개〉는 무한한 창공을 가르는 솔개처럼 자신이 얼마나 자유와 자연을 사랑하는지에 대한 마음을 읽을 수 있었다.

■ 주시경공원(주시경마당)

종로구 당주동 108. 주시경공원이다. 세종아파트와 국민은행 건물 사이에 작은 면적의 공원이 있는데 일명 주시경마당이다. 여기에는 주시경 선생의 입상과 호머 헐버트 선교사의 입상이 동서東西로 서 있다. 주시경 선생의 입상에 이렇게 쓰여 있다. "말이 오르면 나라도 오르고 말이 내리면 나라도 내리나니라." 주시경 선생은 1876년 생으로 개화기 국어학자다.

한글로 된 독립신문 발간에 참여하였고 배재학당을 졸업하였다. 1898년 우리말의 《국어문법》을 완성, 한글의 전문적 이론 연구와 국어학자 최현배 등 후진을 양성, 한글의 대중화에 노력하였다.

호머 헐버트 선교사의 입상에도 "한글과 견줄 문자는 세상 어디에도

주시경마당

없다."고 쓰여 있다. 호머 헐버트는 고종의 초청으로 육영공원의 교사로 근무하면서 한글의 우수성을 알고 최초의 지리교과서 《사민필지》라는 한글책을 저술하여 교재로 활용하였고, 주시경과 함께 한글을 연구, 띄어쓰기를 도입하였다. 또한 한국의 국권 회복을 위해 헌신하였고 1949 한국 방문 후 병사하여 양화진 외국인 묘역에 안장되었다.

■ 세종로 공원과 세종대왕 상

세종로는 세종대왕의 이름을 딴 거리다. 세종공원은 정부 종합청사가 있는 곳으로 여러 차례 공원조성사업을 하여 현재에 이르렀다. 세종로 공원은 세종문화회관 북쪽에 있는 공원이다. B1이란 지하상가 들어가는 부근 건물과 외교부 청사 사이에 주요한 시비와 조선어학회 한말글 수호 기념탑이 있다.

주요한 시비

■ 주요한 시인

주요한 시인의 시비詩碑는 하얀 대리석과 검은 대리석으로 조화를 이루고 있다. 〈빗소리〉란 시가 새겨져 있다. 선생의 흔적을 찾아 헤매던 끝에 발견한 고마운 선물이었다. 사람의 키를 훨씬 뛰어 넘는 큰 규모의 시비가 그곳에 위치해 있다. 1993년에 건립된 시비에는 주요한의 시가 현대문법으로 새겨져 있다. 선생의 시작詩作으로는 1924년 첫 시집詩集 《아름다운 새벽》에 이어 3인 시가집 《봉사꽃》을 출간했고, 대표작 〈불노리(불놀이)〉는 우리나라 자유시의 효시로 〈빗소리〉, 〈샘물이 혼자서〉 등과 함께 문학 교과서에 수록되었다고 기록하고 있다 .

주요한 시인의 시 〈빗소리〉다. "비가 옵니다/ 밤은 고요히 짓을 버리고/ 비는 뜰 우에 속삭입니다/ 몰래 지껄이는 병아리 같이// 으지러진 달이 실낱같고/ 별에서도 봄이 흐를 듯이/ 따뜻한 바람이 불더니/ 오늘은 이 어두운 밤을 비가 옵니다// 비가 옵니다/ 다정한 손님같이 비가 옵니다/ 창을 열고 맞으려 하여도/ 보이지 않게 속삭이며 비가 옵니다// 비가 옵니다/ 뜰 우에 창밖에 지붕에/ 남모를 기쁜 소식을/ 나의 가슴에 전하는 비가 옵니다"

소리도 없이 조용히 내리는 비가 마음을 적시고 있다. 뜰 위에 속삭이는 비, 으스러지는 달이 실낱같은데 별에서도 봄이 흐를 듯하고, 창을 열고 맞으려 해도 보이지 않게 속삭이며 다정한 손님같이 내리는 비, 무슨 말이 필요한가. 가슴에 전하는 서정이 가득한 시다.

■ 정지용 시인

세종문화회관 소강당에 오르는 입구 옆에 그가 있었다. 옆에 많은 사람들이 오고 가는데도 개의치 않았다. 의자가 길어서 피곤한 사람이 옆에서 쉬기도 하고 앉기도 하는 자리였다. 사람이 와서 앉아 있어도 관심도 없어 보였다. 열심히 시에 몰두해 있는 그의 모습을 자세히 들여다보니 〈별〉이라는 시를 읽고 있다. 그는 충북 옥천 출신의 시인 정지용이었다. 그는 우리에게 〈향수〉라는 시로 더 잘 알려져 있다. "넓은 벌 동쪽 끝으로/ 옛이야기 지즐대는 실개천이 휘돌아 나가고/ 얼룩백이 황소가/ 해설피 금빛 게으른 울음을 우는 곳// ―그곳이 참하 꿈엔들 잊힐리야// 질화로에 재가 식어지면/ 뷔인 밭에 밤바람 소리 말을 달리고/ 엷은 졸음에 겨운 늙으신 아버지가/ 짚벼개를 돋아 고이시는 곳// 그곳이 참하 꿈엔들 잊힐리야"라는 목가적인 농촌의 풍경을 노래한 친숙한 시인이다.

■ 박인환 시인

교보문고 주차장 정문 옆에는 시를 창작하면서 가난하게 살다가 31세의 아까운 나이로 세상과 이별하고 망우리에 누워 하늘에서도 시를 쓰고 있을 시인의 흔적이 있다. 〈세월이 가면〉이란 시로 우리에게 익숙한 박인환 시인의 집터라는 표지판이 거기에 있다. 그가 살았던 집은 간 곳

이 없고, 수십 층의 빌딩이 위치한 곳, 교보문고 경계다. 그 곳에는 살던
사람도 가고 시간도 흐르니, 남은 것은 집터라는 흔적뿐. 표지석이 교보
문고에 드나드는 차량을 말없이 지켜보고 있었다. 지금 그는 가고 없어
도 사람들의 마음을 울리는 아름다운 시는 우리들의 가슴에 남아 있어
그를 그리는 것이 아닌가 생각된다.

■ 염상섭 소설가

　교보문고 뒤를 돌아서 종로가 시작되는 곳으로 이동을 했다. "사람은
책을 만들고 책은 사람을 만든다"는 내용의 글이 눈에 들어왔다. 교보문
고 빌딩 지하로 들어가는 통로 부근이다. 긴 의자에는 주름진 얼굴을 한
신사 한 분이 지나가는 사람들을 바라보면서 생각에 잠겨 있는 모습을
하고 있었다. 바로 소설가 염상섭 선생의 좌상이었다. 현장 설명에 의하

소설가 염상섭 좌상

면 "횡보橫步 염상섭은 1897년 서
울 종로에서 태어나 1920년 《폐허》
의 창간 동인으로 신문학 운동을
시작한 이래 〈표본실의 청개구리〉,
〈삼대〉 등 많은 작품을 발표, 한국
소설 발전에 크게 이바지 하였다.
1996년 문학의 해에 선생의 업적
을 기리기 위하여 생가 터 부근에
이 상을 세운다."라고 쓰여 있다.

■ 피천득 시인·수필가

종로구 청진공원 피천득 생가(청진동24-1) 터에 피천득 문학비가 세워져 있다. 피천득 시인·수필가는 1910년 5월에 출생하여 2007년 5월에 작고했다. 그의 문학비는 2025년 5월 24일 제막되었다. 중국 상해의 호강대학에서 영어영문학을 전공, 1946년~1975년까지 서울대 영문학 교수로 재직했다. 그의 대표 시집으로는《서정시집》,《금아 시문선》등이 있고 특히 수필에서 발췌한 〈오월〉은 문학비로 새겨져 있다. 그는 수필의 대가로도 유명한데 대표적인 수필집《인연》은 국민들의 사랑을 받았다. 잠실 롯데월드 3층에 '금아 피천득 기념관'이 있다.

뿌리가 없이 자라는 나무는 없다. 사람이나 역사도 마찬가지다. 이곳 적선동을 비롯한 세종로는 600년을 이어온 조선과 대한민국의 역사와 문화가 살아 숨 쉬는 곳이다. 수백 년의 역사를 거치는 동안 많은 인재들이 나타났다 사라지고 나라의 흥망이 존재했던 곳이기도 하다. 하루가 다르게 변화하는 시대이지만 우리가 살아가는 이치는 옛날이나 지금이나 거의 마찬가지다. 우리의 문화유산과 함께 이 땅의 정신적 지주로서 역할을 한 선인들의 발자취를 여기서 찾아보는 것도 뜻깊은 일이라 생각된다.

《인간과문학》 2016년 여름호

필운대와 이항복: 사직동, 효자동, 세종마을, 궁정동, 부암동

- 필운대, 이상, 노천명, 이광수, 윤동주, 현진건, 정철, 김상헌

도시 생활이란 출퇴근의 반복이 쳇바퀴처럼 돌아가는 변화가 없을 것 같은 일상이지만 생각하기 나름인 듯하다. 배낭하나 메고 전철을 타고 나서면 서울 주변이 온통 공원이고 산이다. 나름대로 취향에 따라 목적지를 정하고 걸으면 생각하고 즐길 수 있는 곳도 많다. 오늘은 조선 5백 년 역사가 서려 있는 사직공원과 필운대, 효자동 일대의 역사와 문인들의 흔적을 돌아보기 위해 경복궁 1번 출구로 나왔다. 이곳은 인왕산과 경복궁 사이에 위치한 마을로 청운동·효자동·사직동 일부다. 세종대왕이 이곳에서 태어났다고 하여 일명 세종마을이라 한다. 이곳은 조선시대 왕족이나 사대부들의 거주지였고 송강 정철이나, 인조 때 병자호란 척화대신인 청음 김상헌, 조선시대 이름 높은 화가 겸재 정선의 집터가 있던 곳이기도 하다. 그리고 우리 문학의 선구자인 이상, 윤동주, 노천명, 이광수 등이 거주한 문학인의 동네이기도 하다. 이런 역사와 전통이 서려 있고 문학의 산실이었던 이곳을 두 발로 답사하면서 이들의 발자취를 살펴보기로 한다.

■ 필운대와 백사 이항복

　사직단을 뒤로 하고 조선조 선조와 광해군 시대 이름 높던 백사 이항복 선생이 살았다는 필운대를 찾아 나섰다. 배화여자고등학교 경내에 있다. 현장에 겸재 정선이 그린 필운대의 그림과 함께 안내도가 있다. 위치를 보니 필운대는 종로구 필운동 산 1-2의 바위다. 배화여고 별관 뒤편이다. 언덕 위 바위벽에 '필운대弼雲臺'라고 새겨진 붉은 글씨가 보였다.

필운대

안내문에 의하면 선조 때 백사 이항복의 집터 부근의 바위라고 한다.

'필운대'란 글씨 인근에 새긴 한문으로 된 글은 고종 때 영의정을 지낸 이유원이 지은 것이다. 옛날 이곳에서 한양을 내려다보고 아름다운 경치를 감상하면서 시를 짓고 풍류를 즐겼을 그때를 생각해 본다. 당시 봄에 이곳에서 내려다보면 복사꽃이 무리지어 피어 있는 모습이 아름다웠다고 한다. 지금은 학교 건물에 가려 볼 수 없지만, 조선 말기까지만 해도 건너편 북악산과 경복궁, 창경궁 그리고 주변 기와집들이 주변 경관과 잘 어울려 그 풍경은 마치 한 폭의 그림이었으리라.

백사 이항복은 조선 명종 때인 1556년에 태어나 광해군 때인 1618년까지 생존한 인물이다. 어릴 때 새 옷을 입고 나가 다른 아이에게 새 옷과 신발을 몽땅 주고 돌아와 어머니가 질책하자 친구가 부러워해서 주고 왔다는 일화가 있을 정도로 주변 이웃을 사랑하는 마음을 가졌다고 한다. 학문에 열심이었고 권율 장군의 사위가 되었다. 선조 때 알성문과에 급제, 형조판서, 병조판서, 홍문관 대제학이 되었고, 영의정 겸 홍문관 예문관이 되었다. 광해군 때 인목대비가 경운궁에 유폐되고, 이어서 평민으로 만들자는 북인 세력의 주장에 반대하다가 관작이 삭탈되어 함경도 북청으로 유배를 가서 그곳에서 세상을 떠났다. 다음 시조時調는 백사 이항복이 귀양을 가면서 읊은 내용인데 궁중에서도 사람들이 이를 애송하여 임금인 광해가 그 소식을 듣고 눈물을 흘렸다고 하는 일화가 전해져 내려온다.

철령 높은 봉에 쉬어 넘는 저 구름아/ 고신원루를 비삼아 띄워다가/ 님 계신 구중심처에 뿌려 본들 어떠리

■ 이상의 집

경복궁역 2번 출구에서 북쪽으로 조금 가다 보면 우리은행 효자동 지점이 나오는데 좌측 방향 골목길로 들어선다. 골목길에는 학생들과 외국인, 연인으로 보이는 사람들, 그리고 부부들이 손을 잡고 걷는 정겨운 모습들이 눈을 기쁘게 한다. 입구에서부터 고만고만하고 아기자기한 상점들이 길게 줄지어 늘어선 골목에서 100여 m 거리에 이상의 집이 있다. 밖에서 보면 무슨 상점 같기도 한 단층 건물이다. 이상의 집 내부 벽면에는 온통 다녀간 사람들의 글로 채워져 있다. 이상의 본명은 김해경이고 3세 때 부모의 곁을 떠나서 큰아버지의 집에서 성장하였다. 이곳 이상의 집은 통인동 154-10번지에 위치하고 있는데, 3세에서 23세까지 살았던 집터의 일부로 지금은 누구에게나 열린 공간으로 개방되어

있다. 그는 시 〈꽃나무〉, 〈거울〉, 〈오감도〉 등과 소설 〈날개〉, 〈종생기〉 등의 많은 작품을 발표하였다.

■ 시인 노천명의 집터

우리나라 사람으로 노천명의 시 〈사슴〉을 모르는 사람은 아마도 없을 것이다. 그만큼 친숙하고 이름이 난 시인이다. 집을 찾아 나섰다. '이상의 집'을 뒤로 하고 바로 위로 올라가면 '세종상회' 근처에 좌측으로 들어가는 골목길이 나오고 '라파엘의 집' 부근 한옥집이 옛날 노천명이 살던 집이라 하는데 집터 표지석이 없다. 누하동 225-1의 한옥이라는 이야기가 있는데, 그곳은 '이화한옥'이란 현판이 붙어 있고, 외부도 산뜻하게 정비되었다. 현재 게스트 하우스로 사용되고 있다.

■ 윤동주 하숙집 터

인왕산의 수성동 계곡으로 향했다. 바위로 어우러진 인왕산의 소나무와 바위 계곡이 아름답게 시야에 들어온다. 조선시대 화가인 겸재 정선이 그린 수성동의 산수화가 안내문에 그려져 있다. 겨울에도 바위 사이로 계곡 물이 흐르고 있는 수성동 계곡의 경치를 감상하기 위하여 비가 뿌리는 흐린 날씨에도 불편을 감수하면서 찾는 사람들이 많았다. 수성동 계곡을 답사하고 내려오는 길에 윤동주 시인이 하숙하던 집터가 눈에 들어온다. 종로구 누상동 9번지다. 벽면에 윤동주 하숙집 터 표지판이 있어 찾기가 편하다. 이곳은 연희전문학교에 재학 중이던 윤동주가 존경하던 소설가 김송의 집으로 〈자화상〉, 〈별을 헤던 밤〉 등의 시가 이 시기에 쓰였다고 안내판은 전하고 있다.

■ 소설가 춘원 이광수 집

수성동 계곡을 나와서 보니 통인시장이 나온다. 사람들이 줄지어 서 있어 지나가기가 어려울 정도다. 경복궁 방면으로 향하는 길을 건너서 쌍홍문 터를 지나고 보니 오래된 2층 건물의 춘원 이광수의 집(자하문로16길 13)이 나온다. 벽면에는 이렇게 쓰인 안내판이 보였는데 10년이 지난 지금은 사라지고 없다. "춘원 이광수 선생은 우리나라 현대문학의 태동을 알린 문학가로서 큰 업적을 이룩하였다. 조선 말기인 1892년 평안북도 정주에서 출생, 일제의 암울한 시기를 거쳐 해방과 동시에 6·25 때 납북을 당하는 등 자신의 삶은 파란만장하였지만 암흑기의 시대를 살아오면서도 소설 〈무정〉, 〈청춘〉, 〈마의 태자〉, 〈단종애사〉, 〈흙〉, 〈유정〉, 수필 〈우덕송〉, 수필집 《돌베개》 등 많은 작

소설가 이광수 옛집

품을 남겼다. 어려서 동학으로 천도교를 접하고, 일제의 한일합병에 비분하였고, 일본에서 '조선청년 독립단'을 조직하고 상해 임정에서 민족운동가로 활동했으나 수양동우회 사건으로 수감 이후 일제의 집요한 회유와 협박에 의한 친일 행위로 대한민국 건국 후 반민특위(반민족행위특별조사위원회)에 의해 수감되었다가 석방되는 아픔을 겪었다."

■ 청음 김상헌 집터와 시비詩碑

청운효자동 주민센터 부근의 무궁화동산(궁정동 17-6)에 위치하고 있는 청음 김상헌 선생 시비를 찾아갔다. 선생은 1570년에 출생하여 1652년

김상헌 시비

에 별세하였다. 선생은 조선 인조 때인 병자호란 당시 예조판서인 척화 대신으로 당시 주전론을 펼치다 인조가 청나라에 항복하는 문서를 보자 대성통곡하였고, 청나라가 명나라를 치기 위한 군대를 요청하자 반대 상소를 올렸다가 청나라에 잡혀가 모진 고통을 당하였으나 굴하지 않았고 6년 후 풀려났다. 귀국 후 좌의정, 영돈영부사 등을 지냈고 1653년 영의정에 추증되었다. 무궁화동산 서편에 청음 김상헌 선생의 집터 표지석과 시비詩碑가 가지런하게 설치되어 있다.

가노라 삼각산아/ 다시 보자 한강수야/ 고국산천을 떠나고자 하랴만은 /시절
이 하 수상하니 올동말동하여라

■ 송강 정철이 태어난 곳

청운초등학교 입구에 송강 정철의 집터(청운동 123-6) 표지석이 조선 중
종 시대인 1536년에 송강 정철 선생이 태어난 곳임을 알려 주고 있다.
〈관동별곡〉, 〈사미인곡〉, 〈훈민가〉 등을 새긴 비碑가 청운초등학교 담장
에 위치하고 있다. 겨울에 내리는 비도 약 5백 년 전 가사문학의 대가인
송강을 그리는지 주룩 주룩 내려서 지금은 없어진 집터 주변을 적시는
데 그 시간의 간격을 한층 아쉬워하고 있는 듯하다.

■ 시인 윤동주문학관

청운초등학교에서 자하문 터널 입구 건널목을 지나고 벽산빌라 9동
옆으로 난 계단을 지나 도로로 올라서니 바로 윤동주문학관(창의문로 119)
이 나온다. 윤동주문학관은 한양 성곽의 창의문 부근에 위치한 도로 바
로 위에 위치하고 있다. 시인 윤동주는 1917년 북간도 명동촌에서 출
생, 1941년 연희 전문학교문과를 졸업했다. 이듬해 일본 릿교대학 영문
과에 입학하고, 도시샤 대학으로 전학하였다. 1943년 7월 귀향 직전 송
몽규와 함께 독립운동 혐의로 체포되어 징역 2년형의 선고를 받고 일본

후쿠오카형무소에서 복역 중 1945년 2월 16일 운명하였다. 28세의 젊고 아까운 나이에 갈망하던 민족의 해방을 보지 못하고 하직한 것이다. 현재 윤동주문학관은 예전에 높은 지대 주민들의 급수난을 해소하기 위해 만들었던 청운 수도 가압장과 물탱크 시설을 개조하여 2012년에 만들었다.

시인의 문학관을 둘러본 뒤 인근에 있는 창의문을 관람했다. 창의문 입구에는 1968년 1월 21일 북한 무장공비 31명이 청와대를 습격하기 위해 침투하는 것을 막다가 장렬하게 전사한 최규식 경무관의 동상이 서 있다.

■ 소설가 현진건 집터

부암동 325-2번지를 찾아서 가다 보니 저 아래 언덕에 멋진 한옥이 나타난다. 서울시 민속자료 12호 윤응렬 별장(부암동 348번지)이다. 다시 길을 더듬어 나오니 무계원(옛날 오진암)이 나온다. 마치 궁궐을 연상하게 하는 아름다운 한옥이 여러 채로 구성되어 있다. 무계원에 들어서니 한복을 단정하게 차려입은 남성분이 나와서 반갑게 맞으며 무계원에 대한 내력과 현재 운영하고 있는 내용을 설명해 준다. 무계원은 1970년대 7·4 남북 공동회담이 도출된 장소로써 현재는 종로구 산하의 종로문화재단에서 전통문화시설로 사용하고 있다고 한다. 무계원이 위치한 무계정사지(址)는 세종의 3남인 안평대군이 정자를 지어 시를 읊으며 활을 쏘았다는 유서 깊은 장소라 한다. 당일도 해설이 있는 주요 무형문화재 등의 격조 높은 국악의 공연 장소로 이용되고 있었다. 옛날 안평대군의 집 터이기도 한 이곳은 현재 집이 철거되고 빈 공터로만 남아 있고 서울시에서 이곳이 현진건 집터임을 외로운 표지석을 외로이 도로에 설치해 두었다. 현진건은 소설 〈운수 좋은 날〉, 〈술 권하는 사회〉 등을 발표하였고 일제강점기 말 〈무영탑〉과 〈흑치상지〉를 발표한 후 양계장을 하다가 1943년 제기동으로 이사, 3월 21일 별세했다.

　우리나라 어느 곳에나 면면히 이어온 역사와 전설이 서려 있고 우리 선소들이 터를 삽고 살아온 곳이지만 특히 종로구 청운효자동과 부암동은 조선의 개국 이래 역사와 전통이 오래된 유서 깊은 동네일뿐만 아니라 일제의 암흑기 시절에도 민족정신을 고취하고 열정을 다하여 창조한 문학의 산실이었다. 오늘 이런 곳을 탐방하고 근현대 문학을 태동시킨 그분들의 정신과 발자취를 더듬어 보는 소중한 기회가 되었다.

《인간과문학》 2016년 봄호

백사실 계곡의 운치: 부암, 평창동
- 백석동천, 영인문학관, 이어령, 박종화 고택, 이광수 별장 등

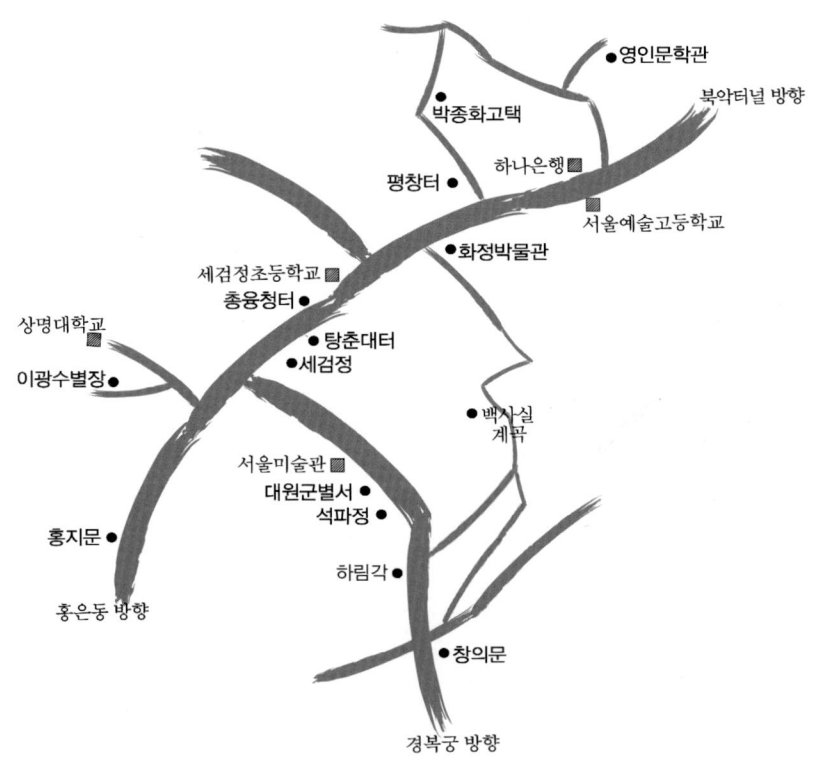

영인문학관

북악터널 방향

박종화고택

하나은행

평창터

서울예술고등학교

화정박물관

세검정초등학교

총융청터

상명대학교

탕춘대터

이광수별장

세검정

백사실
계곡

서울미술관

대원군별서

석파정

홍지문

하림각

홍은동 방향

창의문

경복궁 방향

목련과 개나리가 봄의 대명사처럼 활짝 웃음을 드리운 상쾌한 날씨에 북악산 아래 부암동의 숨은 비경이자 명승지를 찾아간다. 윤동주문학관 앞에서 버스에서 내려 북악과 인왕산을 연결하는 성문 앞에 선다. 조선 인조가 광해군을 축출하기 위한 반정의 횃불로 문이 열리고 성내로 진입하던 최초의 자리, 창의문을 지나고, 작은 사거리 돌로 표시된 곳을 따라 건넌다. 북악산 자락에 위치한 주택들이 등고선에 맞춰 도로와 어우러진 곳을 따라 걷는다. 봄이 오고, 계절이 바뀌는 것을 환영하듯 봄비가 오더니 오랫동안 서울 하늘을 뒤덮던 미세먼지가 어디로 숨었는지 거짓말처럼 하늘이 청명하다. 서울의 명산이자 국립공원 북한산 보현봉이 손에 잡힐 듯하다. 가로마다 벚꽃들이 화사하고, 진달래와 앵두꽃 등이 어우러진 봄 축제가 한창이다. 마음을 수양하는 도량, 응선사를 지나고 백사실 계곡 입구로 들어서니 연두색 고운 빛들이 서로 달려와 생동하는 생명의 기운을 발산한다.

■ **백석동천**白石洞天

백석동천白石洞天 암각 글자 모습

백사실 가는 길은 초행자에게 헷갈리기 쉬운 길이다. 창의문을 지나면 바로 작은 사거리가 나오는데, 돌자국을 따라 건너서 계속 굽이굽이 길을 따라가면 응선사, 백사실 계곡이 나온다. 하림각 건너서 향하는 길도 있다.

　백사실은 생태경관보전지역이다. 서울에 이런 곳이 있을까 싶을 정도다. 숲속 바위에 새긴 글씨가 묵중하고 선명하다. 글씨에 혼이 서려 있는 듯, 옛 선조의 흔적이 느껴진다. 백석은 북악산을 뜻하고 동천은 산과 계곡이 어우러진 아름다운 곳을 말하니 '백악의 아름다운 산천으로 둘러싸인 경치 좋은 곳'이란 뜻이라 한다. 서울 도심에서 멀지 않은 곳에 이런 비경이 있다는 자체가 우선 놀라웠다.

　생태경관보전지역인 이곳은 삼림도 풍부하지만 계곡에는 옛 선비들이 시詩와 서書로 자연을 노래하며, 풍류를 즐겼을 장소인 연못과 정자의 초석과 지조 높은 선비들의 공간인 사랑채가 있었음을 보여주는 별서 주춧돌이 그대로 남아 있어 당시의 아름다운 풍광과 자연을 벗 삼아 즐기던 멋을 짐작하게 하고 있다. 이곳 백사실 계곡은 조선 선조와 광해군 때 명신이었던 백사 이항복의 호가 백사白沙인 것에 유래하여 이항복의 별장지라는 이야기도 전해 온다. 지금도 자연경관보전지역으로 청정함을 유지하고 있는 백사실 계곡은 맑은 물에 사는 보호종 도롱뇽과 오색딱따구리 등이 서식하는 곳이라 한다. 의자에 앉아 산새와 자연의 흐름을 감상하고 있으니 시간이 가는 줄도 모르겠다.

　진달래가 흐드러지게 피어 있는 고개를 넘어 마을로 내려가는 곳에 앵두꽃이 지천이다.

■ 영인문학관

　북한산 자락은 언제 보아도 멋과 운치가 있다. 산과 바위 숲, 그리고 사람들이 살아가는 공간인 주택지가 조화를 이루어 자리 잡은 곳이다. 자연의 기운이 모인 그곳에 영인문학관이 위치하고 있다. 종로구 평창 30길 81이다.

　영인문학관은 한국의 대표적인 문학평론가로 명성이 높은 이어령 선생과 평론가이자 교육자인 강인숙 선생 부부가 설립하였고, 강인숙 선생이 관장으로 재직하고 있다. 이 문학관은 1969년 이어령 선생의 '한국문학연구소'에서 태동되었고, 40년 가까운 시간 동안 한국 근현대문학의 자료를 수집하고, 정리하여 2001년 4월에 개관했다. 참고로 영인문학관에서 발행한 자료에 의하면 전시 소장품으로 이광수·모윤숙·최정희 등 시대를 대표하는 정상급 문인들의 초상화 200여 점, 문인 사진 1,000여 점, 김상옥·김동리·박두진 등의 글씨, 도자기 등 문인서화 300여 점과 구상·박종화 등의 부채 170여 점, 서두·시·수필·소설 등 다양한 육필원고, 서한문 1,000여 점, 문방사우, 서명된 된 책 5,000여 권, 장서 20,000여 권 등 다양한 종류의 자료를 소장하고 있는 문학 박물관이다.

■ 평론가 이어령

　이어령 선생은 1934년 충남 아산군에서 태어났다. 서울대 국문과와 동 대학원을 졸업하고 이화여대 등 대학교수로 재직하였으며,《문학사상》을 창간하고 주간을 맡으면서 한국의 대표적 문학잡지로 성장하게 하였고, 신문사 논설위원, 1988년 세계올림픽개회 및 폐회식을 세계적인 문화 이벤트로 기획하고, 초대 문화부 장관을 역임하는 등 다양한 경력을 소유했다. 선생은 4·19 직후 서울신문 논설위원으로 언론계에 진출, 이어서 여러 신문사의 논설위원으로, 칼럼리스트로 활동을 하였고, 특히 경향신문 재직 때《흙속에 저 바람 속에》를 써서 국내는 물론 해외에서도 베스트셀러가 된다. 그는 달변가로, 박식함은 평론뿐만 아니라 소설, 희곡 등 많은 작품을 탄생시켰는데 2022년 2월 26일에 지병으로 작고했다. 주요 평론집으로《저항의 문학》,《전후문학의 새 물결》,《문학을 보는 새로운 시선》,《시 다시 읽기》등이 있고, 에세이집으로《흙속에 저 바람 속에》,《바람이 불어오는 곳》등이 있다. 소설 창작으로《장군의 수염》,《무익조》,《전쟁 데카메론》,《환각의 다리》등이 있다.

■ 월탄 박종화 가옥

　운동을 위한 목적으로 걷는 것도 좋지만 자연의 풍광을 감상하면서 문학관을 찾아 걷는 즐거움도 쏠쏠하다. 영인문학관에서 나와서 왼쪽으로 방향을 틀어 소나무가 있는 곳까지 오면 서울 둘레길 가는 도로가 나온다. 여기서 서쪽으로 가다 보면 계곡에서 삼거리 길을 만나고, 계곡길을 따라 내려가다 보면 빈 공터 지나 바로 좌측 기와집이 문화재청에서 근대유산 89호로 지정한 박종화 선생의 고택(평창11길 80)이다. 붉은 벽돌 담장 위로 날아갈 듯한 한옥의 처마와 겨울을 이겨내고 갓 피어난 목련

박종화 고택

이 수려하다.

대문이 굳게 잠겨 있어 들어갈 수는 없다. 하지만 외부에서 보기에도 단아한 한식 기와집이 우리 정서에 스며든다. 월탄 박종화 선생이 이곳에서 심혈을 기울인 수많은 문학작품을 탄생시켰다. 이곳이 우리 문단의 거목과 함께한 문학의 산실이기에 의의가 남다르다.

월탄 박종화 선생은 1901년 서울에서 출생했다. 선생은 시인, 소설가, 비평가이다. 하지만 소설로 크게 명성을 얻었고, 동국대·성균관대·연세대 교수를 역임했다. 서울신문사 사장, 예술원 종신회원 및 회장, 한국문인협회 이사장으로 활동했다. 선생은 시인, 소설가 수필가로 유명하지만 특히 신문 연재소설로 유명하다. 1921년 〈오뇌의 청춘〉과 〈우유빛거리〉, 1922년 《백조》의 동인으로 〈밀실로 돌아가다〉, 〈만가〉 등 두 편의 시, 〈영원의 승망몽〉이란 수필을 발표한다. 1924년 첫 시집 《흑방비곡을》 출간한다. 단편소설 〈순대국〉, 〈아버지와 아들〉, 〈여명〉, 1936년 〈금삼의 피〉, 1937년 〈대춘부〉, 1940년 〈전야〉, 장편소설 《다정불심》, 1945년 《여명》, 《홍경래》, 《논개》를 발표하고 《임진왜란》을 조선일보에 946회 연재 후 1959년 《여인천하》를 연재한다. 1962년 《자고 가는 저 구름아》를, 1964년에는 《월탄 삼국지》, 1965년 《아름다운 이 조국》을 연재한다. 또한 《세종대왕》은 조선일보에 1969년부터 총 2,456회 걸쳐 연재한다. 예술원상, 5·16민족상, 문화훈장 대통령장, 국민훈장 무궁화장 등을 수상한 거목의 소설가였다.

길을 걷다 보니, 조선 6백년의 시간 동안 이루어진 많은 유적들이 표지석만 남기고 사라져 갔음은 안타까운 일이나 세상에는 영원한 것이 없음을 이곳 역사가 말해 주고 있다.

■ 평창平倉 터

월탄 박종화 선생의 고택을 뒤로하고 골목길로 내려오는데 럭키 평창빌라 옆에 평창平倉 터가 있다. 조선 후기 서울 북쪽의 방어를 위한 총융청의 군량 창고가 있던 곳이라 한다. 평창은 상·하 2곳이 있었다고 한다. 이곳 지명도 이곳 평창에서 유래되었다. 예나 지금이나 곡식 창고의 중요성은 생존과 직결되는 것으로 그 중요성이 크다 하겠다.

모처럼의 좋은 날씨에도 불구하고 현대인들은 바쁜 일상을 살아가고 있다. 총알같이 달리는 자동차를 보면서 잘 정비된 길에서 자연을 감상하며 느리게 걷는 여유를 즐겨본다. 가로변 식물들이 연두색 새싹을 피우고 꽃들이 자태를 뽐내고 있는 거리에 공기까지 맑으니 봄이 즐거움을 더한다. 지나가는 사람들의 표정도 밝아지고 옷들도 세련되었다. 삼각형 구름다리에서 보니 반듯하게 뚫린 도로가 사람의 핏줄처럼 열리면서 시원하게 소통하고 있다

석파정

■ 탕춘대蕩春臺와 세검정, 석파정

　오후의 햇살이 바위 아래 탕춘대에 이른다. 조선 연산군이 경치가 아름다운 곳, 바위와 물이 어우러지는 곳에 누대를 세우고 연회 장소로 사용하던 곳이다. 연산군은 궐내에서의 취흥도 모자라 이곳에까지 와서 풍류를 즐겼다 하니 왕과 신하들의 행차에다 갖가지 유흥에 당시 민초들의 고달픔을 짐작하고도 남을 것 같다. 조선 영조 때는 이 일대를 무사들을 선발 훈련시키는 연융대라고 하기도 했다 하는데 지금은 도로가 나고 주변에 집들이 들어서는 등 하여 당시의 아름다운 경치나 누각은 흔적도 없이 길가에 표지석만 외롭게 서 있다. 여기서 100여 미터 거리 바위에 세검정이란 정자가 서 있다. 예전 도로가 없고 자연 바위로 존재했을 당시 바위와 물과 정자가 어울린 멋진 한 폭의 그림이 연상되는데 예전만 하지는 못하지만 그런대로 아름다움을 자랑하고 있다. 세검정은 칼을 씻고 평화를 기원하던 곳이라 하지만 경치가 좋은 곳에서 도성 안에 거주하던 시인묵객들의 시 한 수, 그림 한 점 치는 감흥이 어찌 없었겠는가.

　부암동 서울 미술관 경내에 대원군의 별서와 석파정이 위치하고 있다. 산세가 수려한 계곡에 위치하여 한옥과 계곡이 잘 어우러지는 한국적인 풍경을 여실히 자랑하는 곳이다. 이곳 안내문에 의하면 조선 고종 때 중신인 김흥근의 별장이었는데, 대원군이 김흥근에게 매매를 종용하였으나 거절하자 계략으로 고종이 이곳에 행차하여 묵게 한 다음, 임금이 묵고 가신 자리를 신하가 살 수 없다고 포기하자 운현궁 소유가 되었다고 전해진다. 대원군은 여기서 난을 치는 등 예술 활동을 하였다고 한다. 석파정은 대원군 별서에서 조금 더 높은 계곡에 있다.

■ 소설가 이광수 별장

북악에서 흐르는 물이 세검정을 거쳐 상명대학교 입구 아래를 지난다. 상명대학교 입구 다리를 건너면 중국 음식점이 나오고 음식점 바로 왼쪽 좁은 가파른 길을 따라 오르면 한국 최초의 근대 장편소설《무정》을 쓴 춘원 이광수의 별장 터가 나온다. 언덕 위에 한옥으로 지은 아담한 집이다. 지금은 주변이 주택으로 가득 차 있지만 1935~1939년 당시만 해도 남향의 산 중턱에 위치한 별장으로 손색없었을 것이다. 주위 풍광과 흘러가는 구름, 새소리 바람소리가 전부인 양 주변이 조용하던 곳으로 북악을 보며 생각을 다듬고 소설 등 문학작품을 창작하기 좋았던 장소였을 것이다. 이곳에서《이차돈의 사》,《그 여자의 일생》등을 썼지만, 이 시기가 그에게는 어렵고 암울한 시기였다고 한다.

하루의 일정으로, 부암동의 백사실 계곡을 시작으로 하여 화정박물관, 영인문학관, 박종화 고택을 비롯하여 이광수 별장 등 근현대 문학사를 통해 뛰어난 지성들의 문학 활동 현장과, 평창동을 중심으로 조선시대 역사 유적들을 돌아보았다. 우리의 정신적 지주로서 문학은 이 땅에서 삶을 영위하는 우리 인간들의 내면을 찾아가는 길이라 생각된다. 사람이나 태어난 생명은 가고 없어도 창조된 문학은 시공간을 초월하는 일이다. 작품 한 편에 담긴 그분들의 시대정신과 역사적인 노력과 감동이 우리 당대뿐만 아니라 후대에도 우리 문학사에서 정전正典으로 지속적인 자리매김을 하고 있으리라 생각된다.

《인간과문학》 2018년 여름호

명륜, 혜화동 문학 산실

– 한무숙문학관, 짚풀생활사박물관 등을 답사하고

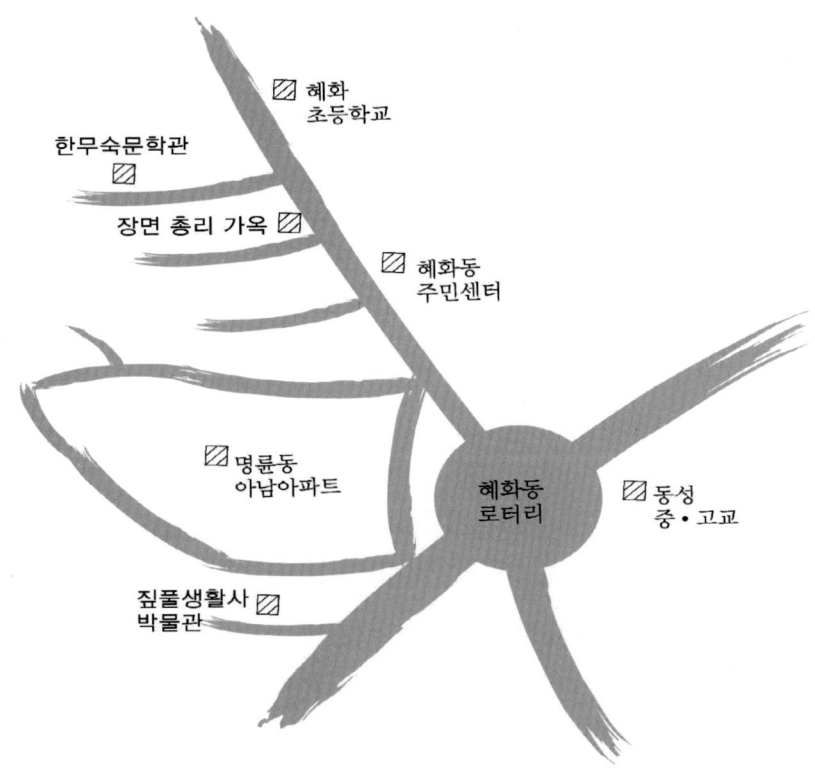

봄은 생명을 태어나게 하는 계절이다. 새싹이 돋아나고 각종 꽃들이, 새들의 노래 소리 등 모두 신비롭고 아름답기까지 하다. 어리고, 젊은 것은 모두 발랄하고 예쁘다. 라일락꽃들이 진한 향기를 발산하는 4월 하순이다. 불청객인 미세먼지가 봄과 함께 가득하지만 봄은 봄이다. 혜화역에 내리니 대학로에는 젊음으로 가득하다. 그래서 좋은 것이다. 혜화초등학교 방면 길로 들어선다. 혜화동 주민센터 맞은편으로 길을 건너서 한무숙선생의 문학관으로 향한다.

■ 한무숙문학관

고풍스러운 한옥 대문에 향정 한무숙기념관이란 글자가 대문 위에 선명하다. 며칠 전 예약을 하고 찾아가니 한무숙 선생의 장남이자 카이스트 교수를 역임한 김호기 관장이 한옥의 문을 열어 친절하게 맞이하여 주었다. 인사를 나누고 마당에 들어서자 멋스러운 한옥이 시야에 가득 모습을 드러낸다. 소담스런 정원에는 평소 한무숙 선생이 온 정성과 관심을 쏟았을 각종 화초들과 함께 오월의 여왕인 모란이 벌써 환한 웃음을 짓고 있다. 종로구 혜화로 9길 20에 위치한 이곳은 1953년부터 한무숙 선생이 40년 동안 가족과 함께 생활하면서 집필 활동에 몰두하던 곳으로 선생의 체취와 향기가 물씬 묻어나는 전통 한옥이다.

마당을 둘러보고 향정헌이란 고풍스러운 한옥의 대청 문을 연다. 이 가옥은 선생이 1993년 별세하자 부군인 백농 김진흥 선생이 문학관으로 개조한 것이다. 집안에는 한무숙 선생의 기념관답게 일생 동안 활동하신 내용이 잘 정리 보존되어 있다. 문학관은 모두 3개 층으로 되어 있는데 김호기 관장의 안내로 제1전시실부터 3층까지 둘러본다.

먼저 1층인 제1전시실 넓은 대청마루 공간에는 선생의 사진과 함께 연도별로 정리된 책과 신문 등에 연재된 작품, 육필원고, 각종 시상 내역 등의 연표가 요약 게시되어 있고 창작하신 책들이 유리 전시관에 배치되어 있다. 벽면에는 이승만 대통령과 미당 서정주, 월탄 박종화, 월전 장우성 등 유명 문인과 화가들의 작품이 전시되어 있어 선생을 아껴 주셨던 분들과 교류 및 위상을 짐작해 볼 수 있다. 1층 제2전시실은 작가가 생전에 유명 문인들과 명사 등 많은 내방객들을 접대하던 응접실을 재현한 곳으로 이곳에는 노벨 문학상 수상 작가이자 소설《대지》를 창작한 주인공 펄벅 여사 등과 식사를 하던 응접실이 위치해 있다

2층으로 올라가니 선생이 평소 집필 활동을 하던 집필실이 자리하고 있다. 그리고 삼면에는 문인들이 서명한 기증본 도서, 집필에 필요한 자

한무숙문학관

료, 그리고 책상 필기구 들이 전시되어 있고 특히 2층 집필실 앞에는 선생이 신사임당상 대상자로 선정되자 87세 시부께 문의 결과 신사임당상을 받아도 된다는 분부와 함께 내려주신 축하 글이 전시되어 있다.

3층에는 화가가 꿈이었던 시절에 이룩해 놓은 각종 그림 및 도서, 도예 작품과 가족들의 사진, 첫 작품인 〈등불 드는 여인〉의 육필 원고, 시조모가 쓴 육필 소설, 노벨 문학상 수상자 펄벅과 일본 저명 소설가와 교류 관련 사진, 부군인 백농 김진흥 서예가의 작품, 그리고 선생과 장남 김호기 선생과의 서신을 엮은 《못다 쓴 편지》, 김진흥 선생의 《못다 한 약속》 등이 전시되어 있어 문학인의 자질을 겸비한 집안의 내력이 이곳에서 확인된다. 그리고 가족들의 진솔하고 정겨운 마음이 가득 담긴 내용으로 발간된 책은 선생과 가족 사랑에 대한 진한 감동을 느끼게 한다.

한무숙문학관은 1993년에 선생이 별세하고 난 후 전 한일은행장이자 서예가이신 선생의 부군인 백농 김진흥 선생이 한무숙 재단을 설립, 이사장으로 취임하여 가꾸어 오다가, 2003년 김진흥 이사장이 별세하자 장남인 김호기 현 이사장이 이곳에 거주하면서 향정, 백농 두 분의 투철한 작가 정신과 진한 삶의 향기를 한국인들의 가슴에 전해 주고 있다.

한국의 대표적인 소설가인 한무숙 선생은 치밀한 심리묘사와 함께 한국인으로서 정체성과 역사의식을 고취시킴과 아울러 발표된 작품이 영어나 불어, 일어 등으로 번역되는 등 한국문학의 세계화에 크게 기여하고 있다. 또한 인간의 삶과 죽음 등 인간의 내면을 조명하는 투철한 작가 정신을 보여주고 있다. 선생은 1910년 종로구 통의동 양반가에서 출생했다. 어릴 때부터 그림에 남다른 재능이 있었다. 초등학교 2학년 때 베를린 세계 만국 아동 그림 전시회에 입상을 하였고, 그 이후에 일본인 화가에게 사사한 후 1939년 동아일보의 김말봉 연재소설 《밀림》에서 삽화를 그릴 정도로 탁월한 능력을 보였다. 1940년 김진흥 선생과 결혼하여 엄한 집안에서 그림을 그릴 수 없게 되자 문학으로 방향을 전환하였다. 1943년 《신시대 잡지》의 장편소설 공모에 〈등불 드는 여인〉이 당선, 문단에 등단하였고 이어 조선연극협회 희곡 모집에 일막극 〈마음〉이 당선되었다. 1948년에 국제신보에 장편소설 《역사는 흐른다》가 당선되어 태양신문에 연재된다. 또한 같은 해에도 〈부적〉 등 3편이 더 발표되고 이후 매년 2~3편씩 창작하는 등 왕성한 창작 활동을 보인다. 1956년에 단편소설집 《월운》이 출판되고, 1957년에 《감정이 있는 심연》이, 1960년 장편소설 《빛의 계단》과 단편소설집 《축제와 운명의 장소》, 1963년도에는 수필집 《열 길 물속은 알아도》, 1976년도에는 단편소설집 《우리 사이 모든 것이》, 1986년에는 장편소설 《만남》 상·하권이 출판되었다. 또한 단편소설 〈생인손〉은 1987년에, 그리고 대담·강연집으로 《세계 속의 한국문학》이, 1993년도에는 여행기 《예술의 향기를 찾아서》 등 소설뿐만 아니라 3권의 수필집과 강연집을 발간하는 등 여러 분야에 걸쳐 많은 책들을 출간하였다.

가정생활에 있어서도 일생 동안 엄격한 양반가의 며느리와 현모양처로, 5남매의 어머니로서 역할을 성실하게 수행하였다. 우리나라 여성의 귀감이 되는 제5회 신사임당상을 받을 때 집안의 어른이신 시부께서 칭찬의 축하 글까지 내려 주신 일화는 선생의 품성을 한마디로

대변해 주고 있다

김호기 관장의 진지하고 자상한 설명으로 시간 가는 줄 몰랐다. 점심 시간이 지나고 있었다. 문학관 답사를 마치고 친절하고 소탈한 성격의 김호기 관장과 함께 인근 카페에 마주 앉았다. 점심으로 한 샌드위치가 맛있었고 기억에 오래도록 남을 것 같다.

점심을 먹고 짚풀생활사박물관을 찾는다.

■ 짚풀생활사박물관

종로구 성균관로 4길 45에 짚풀생활사박물관이 있다. 농촌에서 태어난 필자가 동 박물관을 찾은 이유는 옛날 농촌 생활의 향수와 선조들이 만들어 사용했던 짚풀 공예에 대한 관심 때문이기도 하지만 도심에 이런 시설이 있다는 것이 의외였기 때문이다. 발길이 자연스럽

짚풀생활사박물관

게 박물관을 향하게 되는데 입구에서 보니 아담한 한옥에 마당까지 가지고 있다. 담장에 "짚풀과 함께 떠나는 시간 여행"이란 슬로건이 눈에 선명하다. 입구에서 5천 원에 입장권을 구입하고 살펴보니 한옥 이외에도 후면에 본관 건물이 연결되어 있는 구조로 되어 있다.

관심은 혼자만 있는 게 아니었다. 답사하는 날에도 어린이들을 포함 짚풀 공예에 관심이 있는 사람들의 방문과 관람이 이어지고 있었다. 계단을 내려가서 팽이 전시실을 관람하고 난 후 지하층을 관람하고 1층으로 올라와서 관람 후 한옥 전시실을 관람하는 순서로 관람을 시작했다.

짚은 벼농사를 지으면 나오는 부산물이다. 풀은 산천에 지천으로 자라난다. 예로부터 우리 선조들은 가을에 추수하고 나오는 짚이나 풀로 지붕을 덮거나 곡식을 담는 등 다양한 생활도구를 만들어서 필수 용도로 사용해 왔다. 하지만 초가집이 없어지고 편리한 플라스틱 등의 출현으로 생활용품도 모두 교체되었다. 짚풀의 용도와 수요가 없어지자 손으로 만드는 짚풀 공예품도 사라지게 되었다.

짚풀생활사박물관은 민속학자 겸 시인인 인병선 전 관장이 사라져 가는 우리 짚풀문화의 소중함에 일찍이 눈을 떠 1973년부터 짚풀에 관한 문화를 조사, 기록, 수집하며 연구하는 등 심혈을 기울인 덕에 1993년에 강남구 청담동에서 짚풀생활사박물관을 설립, 개관할 수 있었다. 이후 2001년에 현재의 자리로 이전하였다.

여기 위치한 짚풀생활사박물관은 현재 세계 유일의 짚풀박물관으로 존재하며 현재 다양한 공예품의 보존, 전시와 함께 짚풀 체험 프로그램, 창의 체험 프로그램, 스마트 프로그램 등 다양한 체험 활동을 통해 아름답고 실용적인 전통공예를 이어갈 수 있는 프로그램을 운영하고 있다. 이에 더해 출판 등을 통한 우리 고유의 전통문화의 보존, 보급에 노력하고 있다는 점이 높이 평가 되고 있다. 또한 인병선이라는 한 사람의 일생을 통한 집념과 노력이 이러한 결과를 얻을 수 있다는 교훈을 여기에서 얻는다.

■ 민속학자이자 시인 인병선 선생과 신동엽 시인

지하 전시실에 전시된 공예품을 관람한 후 다른 공간의 전시실을 찾으러 2층으로 올라가던 중 엘리베이터를 탄다. 엘리베이터가 머무는 곳에 이르니 어르신 한 분이 어떻게 왔느냐고 친절하게 묻는다. 사정을 이야기 하니 "들어오라"고 하신다. 인사를 나누고 보니 이곳 박물관 설립자이신 인병선 선생이다. 연세에 비해 아주 정정하시다. 자연스럽게 박물관 설립 배경에 대한 설명을 듣는다.

선생은 1935년 생으로 평안남도 용강 출신이다. 아버지는 동국대학교 농업경제학 권위자인 인정식 교수인데 6·25때 납북되었다. 1·4 후퇴 때 어머니와 둘이서 제주도로 피난을 나왔고 제주에서 어렵게 생활했으나 당시 문학을 꿈꾸며 열심히 공부했다. 1953년 이화여고 3학년 때 돈암동 네거리 고서점에서 철학 계열 전문 서적을 찾고 있는데 "마음에 들지 모르지만 이런 책은 어떨까요?"하는 소리에 돌아보니 첫눈에 준수하고 멋있는 청년이 그 자리에 있었는데 이후 서점을 자주 이용하면서 5년차 나이의 청년 신동엽에게 빠져들게 되었다고 한다. 선생은 신동엽과 연애편지를 주고받다가 다니던 서울대학교 철학과를 그만두고 1957년 결혼하게 된다. 신동엽의 고향으로 가서 맏딸 신정섭을 낳고 가난을 극복하기 위해 부여읍내에서 양장점을 연다. 신동엽 시인은 충남 보령군에 위치한 주산 농업고등학교 교사로 근무하던 중 1958년 폐결핵을 앓게 되자 학교를 그만둔다. 인병선 선생은 자녀들을 데리고 친정인 서울 돈암동으로 오게 된다. 신동엽 시인은 1959년 조선일보 신춘문예에 〈이야기하는 쟁기꾼의 대지〉를 석림이라는 필명으로 응모하여 당선, 등단한다. 1960년 건강을 회복한 신동엽 시인은 서울에서 가족과 합류하고 1961년 명성여고 교사로 재직한다. 신동엽 시인은 1967년 1월에 〈껍데기는 가라〉를 《52인 시집》에 발표하고, 1968년 시인 김수영이 타계하자 추모 조시 〈지맥 속의 분수〉를 한국일보에 발표한다. 인병선 선생은 결혼 13년 만인 1969년 4월에 남편인 신동엽 시인이 간암으로 숨을 거두게 되자 출판사에 일을 하며 혼자 힘으로 2남 1녀를 키운다.

짚풀과의 만남은 남편 신동엽 시인이 별세 후 시인의 영향에서 벗어나기 위한 노력의 일환이었다. 우연히 우리 가난한 백성들의 삶의 방편이었던 전통 짚풀에 관심을 가졌다. 짚풀문화가 급속하게 사라져 가는 안타까움에 전국을 돌면서 짚풀문화를 조사, 채록한다. 오키나와 국립민속학박물관 연구원을 역임하고 일본, 중국 및 우즈베키스탄 등을 찾아서 짚풀문화와 관련된 자료를 찾아 수집하고, 연구하면서 짚풀문화가로 독보적인 입지를 세우게 된다.

볏짚을 이용한 체계적인 연구로 설립한 박물관으로는 세계에서 유일함은 이미 설명한 바 있다. 선생은 기존에 수집한 모든 자료와 공예품에 대한 권리를 포기하고 2008년 짚풀문화재단을 설립, 비영리법인화 하여 오늘에 이르고 있다.

선생과 대담을 하며 마치 한편의 감동적인 드라마를 보는 듯한 느낌을 받는다. 선생의 인생 내면 깊숙하게 자리한 인생 역정에 대한 진지한 말씀에 감사드린다.

문학인으로서 1987년 시집《들풀이 되어라》, 1991년 산문집《벼랑 끝에 하늘: 안병선 산문집》을 발간한다. 그리고 문화교양도서인《짚 문화》를 1989년에,《풀 문화》를 1991년에,《우리가 정말 알아야 할 우리 짚풀문화》를 1995년에,《풀코스 짚 문화 여행》을 2000년에,《우리 짚풀문화(우리가 정말 알아야 할)》를 2005년에 발간하는 등 다양한 책을 출판한 경력을 가지고 있는 짚풀문화에 대한 최고의 권위자이자 민속학자이며 시인, 수필가이다.

■ 장면 총리 가옥

우리나라 건국 이후 한 시대의 역사를 창조한 정치인, 운암 장면 총리 가옥을 찾아본다. 한무숙문학관에서 한 구간 쯤 혜화동로터리로 나오는 길 도로 옆에 대한민국 제1공화국의 국무총리와 부통령, 내각책임제인 제2공화국에서 국무총리를 역임한 장면 총리 가옥이 있다. 대지 403㎡, 연면적은 안채, 사랑채, 경호원실, 수행원실을 포함 250㎡ 규모다. 내각책임제 하의 국무총리와 부통령을 역임한 분의 주택답지 않은 검소함이 집안 곳곳에서 감지된다. 내부에는 장면 총리의 성장과 신앙,

장면 총리 가옥

대한민국의 국제적 승인 활동과 6·25 전쟁에서 나라를 위한 호국 활동,
아버지와 지아비로서의 삶을 소개해 놓았다. 오늘을 살아가는 우리가
우리의 역사를 올바르게 알고 나라를 위한 길이 무엇인가를 이곳에서
다시 한 번 새기게 된다.

　종로구 명륜동은 조선시대 정신적 지주인 유학의 본산 성균관이 자
리한 곳이다. 유학이 조선 오백년의 사상을 지배하고 삶의 방식으로 뿌
리 내린, 선비들이 학문을 연마하며 생활하던 삶의 터전이었다. 이런
전통에서 이어진 사상이 오늘날 인간을 이해하는 현대문학으로 이어
지고, 여기에서 문학의 꽃이 활짝 피는 것은 어쩌면 자연스러운 일인
듯하다. 문학은 인간의 삶과 정서 등 인간 내면을 탐구, 표현하는 언어
예술이기 때문이다. 오늘 여기 문학관과 박물관 등이 위치한 곳을 찾아

우리의 삶을 뒤돌아보는 일은 우리 자신을 이해하는 또 하나의 길이 될
것이라 생각한다.

《인간과문학》 2018년 가을호

윤선도와 송시열의 동숭동, 마로니에 공원, 혜화동, 창경궁

- 윤선도, 김광균, 타고르, 함석헌, 송시열, 마해송 선생, 정조 임금의 발자취.

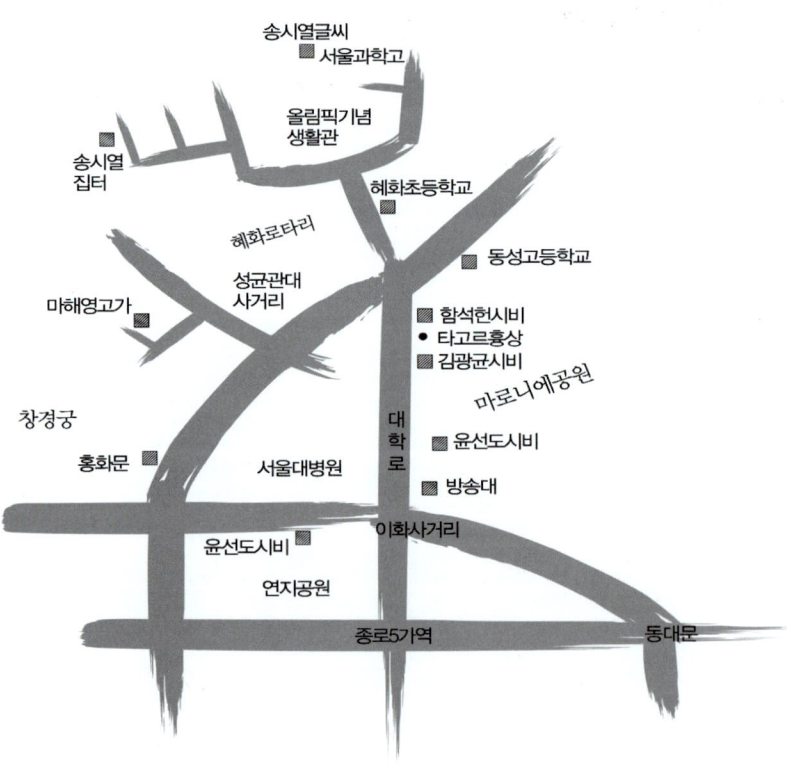

오늘은 우리 역사와 함께 우리 민족의 애환을 그리면서 삶을 탐구하고, 그 속에서 한 시대를 살아왔던 문인들을 찾아 나서는 길이다. 예로부터 우리 민족은 흥이 많은 민족이라 했다. 생활이 어려워도 함께 어울려 삶을 노래하고, 춤을 추고 시를 지었다. 이런 민족정신이 곳곳에 남아 있고, 지금도 우리들의 가슴에서 면면히 이어져 내려오고 있음을 느낀다.

동대문역에서 동숭동 마로니에 공원과 혜화동, 창경궁까지 걸으면서 이곳을 터전으로 삼아 우리 민초들의 삶을 노래하며 꿈을 그리던 문인들을 찾아보고자 한다. 대학로라고 불리는 이곳은 젊음과 문화가 꽃을 피우는 거리라는 것을 실감할 수 있다. 마로니에 공원 부근에 많은 공연장이 위치해 있고, 젊은이들이 즐겨 찾는 도심의 명소로 한국인들뿐만 아니라 이곳을 찾는 외국인들도 많이 목격된다. 각국의 젊은이들로 넘쳐 나는 이곳은 한국의 아름다운 길 100선에 뽑힐 만큼 조각품과 각종 시비詩碑와 동상 등 각종 조형물과 예술단체 등이 있는 문화와 예술의 거리다. 예술과 사람들의 눈길을 사로잡는 젊음과 낭만이 넘치는 거리로 자리 잡는데 손색이 없는 곳이다.

■ 고산 윤선도 선생의 〈오우가五友歌〉 비碑와 마로니에 공원

숲과 건축물이 잘 조화된 공원에서 가을 햇살을 받으며 조용하게 주변을 돌아본다. 마로니에 공원에서 가장 먼저 보이는 것이 고산 윤선도 선생의 〈오우가五友歌〉 비碑와 옆면에 새겨진 생가 터 안내 글이다. 윤선도 선생은 조선 선조 때인 1587년 출생하여 현종 때인 1671년까지 생존하였으며, 정치가이자 학자이다. 특히 시조時調로 우리 문학에 지대한 영향을 주었던 선생은 송강 정철과 노계 박인로와 더불어 조선 3대 시가인詩歌人으로 꼽히면서 그가 남긴 75수의 시조는 국문학 사상 최고봉의 시조라고 한다. 강직한 성격의 선생은 당시 권신들의 잘못을 격렬히 규탄하여 귀양을 가기도 했으며, 관직에 복귀했다가 물러나는 등 20년의 유배생활, 그리고 19년은 선비로서 벼슬을 내려놓고 은거 생활을 했다.

10여 년 전 필자는 전남 해남군에 간 적이 있다. 해남읍에서 조금 떨어진 양지바른 산 아래에 위치한 그곳에 위치한 윤선도 선생의 종택인 녹우당과 유물 전시관을 답사했다. 군청 소속 해설사의 해설과 전시된 유물을 통하여 윤선도 선생을 비롯한 국보로 지정된 증손자 윤두서 초상화 등 소중한 자료와 뛰어난 업적을 살펴볼 수 있는 기회를 가졌었는

윤선도 시비

데 오늘 다시 이곳 마로니에 공원에서 선생의 시조, 자연을 노래한 〈오우가五友歌〉 비碑를 만나니 감회가 새롭다. 그리고 이화사거리에서 율곡로 방향에 위치한 연지공원은 소나무와 느티나무 등으로 조성된 제법 큰 규모의 도심의 쉼터로 손색이 없는데, 이곳에도 고산 윤선도 선생의 〈오우가五友歌〉 비碑가 서 있어 공원의 품격을 더한다.

"내 벗이 몇인가 하니 수석과 송죽이라/ 동산에 달 오르니 그 더욱 반갑구나/ 두어라 이 다섯밖에 또 더하여 무엇하리"로 시작되고, 수水 석石 송松 죽竹 월月로 이어지는 시조 〈오우가五友歌〉는 오늘날까지 우리의 가슴에 남아 애송되어지고 있다. 이 공원의 시조비時調碑는 종로문화원이 주관하고 선생의 후손이 건립하였다고 기록되어 있다.

윤선도 선생의 비碑를 뒤로 하고 마로니에 공원을 산책해 본다. 잘 가꾸어진 각종 나무들로 조화를 이룬 숲과 아름다운 연못은 인간의 정서를 순화시키고, 사색하며, 감성을 불러오기 충분한 요소가 된다. 혜화동 동성고등학교 앞에서 흘러나오는 물이 여기 연못을 채우고 대학로를 흐르니 비록 인공적인 조경이지만, 찾는 사람으로 하여금 여유로운 마음을 느끼기에 충분하다.

공원에는 김상옥 열사의 동상과 안창호 선생의 흉상이 위치해 있다. 김상옥 열사의 상에는 "나라와 겨레가 왜적에 짓밟혀 비굴한 삶을 잇느니 장렬한 의거로 죽음을 택한 대한의 김상옥 열사 애국의 횃불이 여기 영원히 타고 있다"고 새겨져 있다. 빼앗긴 나라의 독립을 위해 목숨을 바쳐 싸우고 또 싸우다 순국하신 김상옥 열사의 동상과 교육의 중요성을 인식하고 청년들에게 "낙망은 청년들의 죽음이요, 청년이 죽으면 민족이 죽는다"고 가르쳤던 안창호 선생의 어록이 비석에 새겨져 있다. 독립을 위해 헌신하신 그분들의 숭고한 뜻을 기리고, 나라에 대한 생각을 하게 한다.

■ 김광균 선생의 시비詩碑

도산 안창호 선생의 흉상을 지나고, 마로니에 공원에서 혜화동으로 가는 길의 건물 앞에 하얀색 대리석에 새겨진 김광균 시인의 시비가 서 있다. 이곳에 머물러 시인의 시를 감상해 본다. 〈설야雪夜〉다.

김광균 시인은 1914년 개성에서 출생, 송도상고를 졸업하였고 1993년 11월에 별세했다. 시인은 13세의 어린 나이인 1926년 중외일보에 시 〈가는 누님〉을 발표, 등단하였다. 1930년에 동아일보에 〈야경차〉를 발표하고, 《시인부락》과 《자오선》의 동인으로 활약하면서 시인의 길을 걷는다. 1938년 조선일보에 〈설야〉가 신춘문예에 당선되고, 1939년 그의 첫 번째 시집 《와사등》이 출간된다. 이어서 《기항지》, 《황혼가》 등이 출간되었고, 건설회사 사장, 무협협회 부회장, 전경련 이사 등을 역임하고, 1986년 네 번째 시집 《추풍귀우》를 출간했다.

■ 인도의 시성 타고르의 흉상胸像

김광균 시인의 비를 뒤로 하고, 김광균 시인의 비 부근 길 위에 인도의 시성詩聖이자 사상가인 타고르 흉상이 서 있는 곳에 머무른다. 흉상 아래에 이렇게 새겨져 있다.

> 동방의 등불
> 일찍이 아시의 황금시기에/ 빛나던 등불의 하나인 한국/ 그 등불이 다시 한 번
> 켜지는 날에/ 너는 동방의 밝은 빛이 되리라

1940년대 당시 그의 조국 인도는 물론, 세계의 약소민족들은 나라를 잃고 강대국의 식민지로 갖은 착취를 당하면서도 앞날을 예측할 수 없는 암울했던 시대였다. 이런 시기에 우리나라도 일제의 착취와 억압으로 고통을 받아왔다. 우리가 나라 없는 설움을 뼈저리게 느끼던 그때에도, 그는 우리나라의 앞날을 예견한 선견지명이 있었다. 우리가 느끼지 못한 우리의 힘을 타고르는 일찍 간파하고 예언을 하였으니 그 능력이 대단하게 느껴진다.

■ 함석헌 선생 시비詩碑

타고르의 흉상에서 몇 미터 거리에 있는 함석헌 선생의 시비詩碑도 눈길을 끌고 있었다. 선생은 1901년 평북 용천에서 태어나, 신의주 학생사건 배후 주모자로 소련군에 구금되고, 분단의 아픔 속에 남하하여 민중계몽에 힘을 썼으며 《씨알의 소리》를 창간, 1989년 타계할 때까지 "반독재 민주화 운동의 중심에 서다"라고 선생의 기념사업회에서 비碑에 기록하고 있다.

송시열 암각 글씨, 금고일반今古一般

■ 우암 송시열 선생 집터 : 증주벽립曾朱壁立과 금고일반今古一般

　혜화동로터리를 지나고 성북동으로 넘어가는 혜화로를 따라 올라가 본다. 낮게 지어진 주택들이 오후의 햇살을 받으며 조용하게 엎드려 있는 곳이다. 오래된 주택과 어울려 있는 곳을 지나니, 올림픽기념 국민생활관이 보이고 좌측으로 다시 고개를 틀어 골목길을 헤맨다. 옛날 이 부근의 우암 송시열 선생의 집터가 있던 곳을 찾는다. 도로 좌우측으로 연립주택들이 빼곡히 들어차 있는 곳, 부근 바위에 증주벽립曾朱壁立이라 새겨진 글씨를 발견한다. '증주벽립'이란 유교의 성현으로 받들어지는 증자와 주자의 뜻을 계승하고 받들겠다는 뜻을 표현한 것이라 한다. 연립주택으로 들어가는 계단 아래 바위다. 서울시 유형문화재 제57호라는 안내판이 서 있으나 주변은 부속 대지도, 조형물도 없는 평범한 바위다. 지번을 보니 명륜1가 5-99번지(성균관로17길 37)다. 안내판에 의하면 당시 이 일대는 송동이라 불렀는데 송시열 선생의 집이 있던 곳이라는 의미이고 이 지역은 골짜기가 깊고, 앵두꽃 등 나무들이 많아 봄에 놀러 오는 사람들이 많았던 곳이라 한다.

　다시 길을 돌려 부근 서울과학고등학교에 있다는 송시열 선생의 글씨가 새겨진 곳을 찾는다. 학교를 돌보는 안내소에다 이야기를 하고 현장을 찾으니 우암관 건물 좌측에 소나무와 어우러진 바위가 있다. 천재암 (천년바위)라는 검은 표지석이 있고, 바위에 금고일반今古一般이라 새겨진 글씨가 있었다. 송시열 선생이 이곳에 올라 자연과 더불어 세상을 내려다보며 시詩를 짓고, 생각을 다듬었을 것이다. 송시열 선생은 금고일반이라 하여 예나 지금이나 다른 것이 없다고 하셨지만, 시간이 흐르고 나니 사람도 가고 이곳 지형도 많이 바뀌어 일대가 주택가 혹은 학교로 바뀌어 그 당시의 흔적은 송시열 선생이 남긴 글씨가 유일하다.

■ 마해송 선생의 고택古宅

혜화동 성균관대 사거리에서 성균관대 방향으로 가다가 성균관로1길 주택가 골목길로 들어서 삼거리에서 우측으로 꺾으면 두 번째 집이 마해송 선생의 옛 고택이다. 기와로 이어진 단층의 ㄷ자 낡은 한옥이 평소 선생이 아동문학인 창작동화를 창작하던 산실이다. 골목길도 예전 그대로인 듯하지만, 지금은 주인도 바뀌고 낡은 집의 대문도 닫혀 있다. 하지만 선생은 여전히 아이들을 위한 동화를 쓰고 계신 것 같은 기운이 느껴진다. 마해송 선생의 본명은 마상규로 1905년에 출생하여 1966년에 별세하였다. 중앙고등학교를 다니다 보성고등학교로 옮겨 다녔으나 동맹 휴학 사건으로 퇴학하였다. 1921년 일본에 건너가 일본대학 예술과에서 수학, 졸업하였다. 중앙고 재학 당시 《여광》의 동인이 되었고 1922년에 '녹파회'를 조직하여 본격적인 문학 활동을 시작하였다. 1923년에 한국 최초의 창작동화 〈바위나라와 아기별〉을 발표하였다. 1924년 색동회에 가입, 《어린이》지를 통하여 다수의 동화를 발표하였다. 1925년 〈어머님의 선물〉, 1930년 〈토끼와 원숭이〉, 〈호랑이와 곶감〉을 발표했다. 선생은 8·15 후에 귀국하여 한국문화연구소 소장으로 있다가 6·25전쟁을 맞이하여 종군으로 전선에 참가하였고, 그때 체험으로 《전진과 인생》이란 수필집을 발표했다.

■ 창경궁에서 만난 정조 임금

창경궁은 창덕궁 바로 옆에 위치한 곳으로 2층 누각으로 된 홍화문을 거쳐 명정문을 들어서면 정전正殿이자 국보인 명정전明正殿의 날렵하고 아름다운 지붕을 볼 수 있다. 유서 깊은 궁궐도 나라를 잃으니 온전하지 못하고 수난을 당했다. 일제강점기에는 많은 전각을 헐어내고 동물원과 식물원을 설치, 명칭도 창경원으로 격하시킨 아픈 역사가 있는 곳이다. 이제 다시 광복과 함께 궁궐의 본 모습을 되찾아 우리의 소중한 문화재로 보존되게 되었다. 아직은 동궐도에 그려진 옛날 화려했던

정조 〈어필파초도〉

본 모습은 아니지만 언젠가는 다시 복원될 날이 있을 것으로 기대한다.

창경궁의 정전인 명정전을 돌아보고 후원으로 나오니, 순조 임금이 탄생한 영춘헌, 집복헌에서 시화전이 열리고 있다. 조선 후기 문예 부흥을 이루었던 22대 정조 임금의 시서화가 전시되고 있다. 시대를 거스르며 보는 귀한 자료다. 정조 어필 〈파초도〉, 〈묵매도〉 등이 있고, 당시 세손이던 정조가 할아버지 영조에게 올린 한글 편지첩 등이 전시되어 관람객의 눈길을 사로잡고 있다. 특히 전시장 입구에 "하늘 아래 책을 읽고 이치를 연구하는 것만큼 아름답고 고귀한 일이 무엇이겠는가"라는 말씀이 깊이 새겨진다.

나무가 하루아침에 자랄 수 없는 이치와 마찬가지로 우리 문학도 이 땅의 역사와 함께 자라왔다. 오늘 고산 윤선도를 비롯하여 송시열 등 선대들의 발자취와 김광균, 마해송 등 이곳, 이화, 동숭, 혜화동을 터전으로 문학을 창조했던 선인들의 흔적을 찾아보는 소중한 기회를 가졌다. 시대가 변하고, 인물도 갔지만 한 시대를 이끌었던 위대한 인물들의 향기는 우리 곁에서 아직도 함께 숨을 쉬고 있는 것을 느끼게 된다.

《인간과문학》 2016년 겨울호

서울의 중심, 남산과 장춘단 공원
- 한국현대문학관, 최현배, 사명당, 이준, 조지훈, 안중근, 김소월

봄이 왔다. 그동안 무겁고 지루하던 겨울이 지나고, 이 땅의 수많은 생명들이 닫았던 문을 열고 따뜻한 봄을 노래하는 계절이 온 것이다. 어느틈에 매화가 하얀 꽃송이를 소리도 없이 내어 밀고 개나리 산수유 진달래도 저마다 자신들의 모습으로 봄이 왔음을 알리고 있다. 우리 역사가이어져 온 이래, 국토의 중심에서 묵묵하게 지켜주고 있는 곳, 호국의 상징인 남산에 올라서 문학을 통한 선인들의 자취를 찾아보고자 집을 나선다. 오늘 답사 코스는 장충단 공원을 통하여 남산 둘레길과 그곳에 위치하고 있는 각종 기념물, 문학비 등을 답사하고 그분들의 정신을 담아보고자 한다.

■ 한국현대문학관

서울 중구 동호로 268. 한국현대문학관이 있던 자리였는데 지금은 철거 후 서울 장충동 플래그십 호텔 신축 공사 중이다. 지하철 3호선 동대

한국현대문학관 엣모습

입구역 1번 출구에서 우리은행 간판이 있는 곳에 문학관 간판이 보였는데 지금은 다른 건축물을 축조하기 위해 가림막으로 둘러져 있다. 그곳 안쪽에 위치했던 단층집이 바로 수필가이자 소설가인 전숙희 선생의 한국현대문학관이 있던 자리다. 전숙희 선생은 함경남도 출신이며, 이화여고와 이화여전을 졸업했다. 1938년 《여성》에 단편소설 〈시골로 가는 노파〉로 등단하고 1954년 《탕자蕩子의 변》이 첫 출간된 이래 《이국의 정서》, 《영혼의 뜨락에 내리는 비》, 《당신은 특별한 사건》 등의 많은 수필집을 발간했다. '동서문화사'를 설립하였으며, 예술원 회원을 역임했다. 문학관이 사라진 지금은 어디로 이전했는지 아쉬운 마음이다.

■ 장충단 공원

지하철 3호선 동대입구역을 건너 정갈하게 조성된 장충단 공원에 이른다. 사람들이 조용하게 산책하는 장소, 다정하게 걷는 연인도 있고, 친구들과 담소하며 남산으로 향하는 일행도 있다. 계단 아래 공원에는 아기의 손을 잡고 함께 산책 나온 부부도 보이고, 의자에 앉아 담소를 나누는 정다운 모습도 보인다. 장충단 공원의 모습이 처음부터 이렇게 아름답고 평화로운 곳은 아니었다.

장충단 공원은 우리 민족이 일제에 항거한 호국의 공원이다. 이곳에 위치한 안내판에 따르면 원래 장충단 공원은 조선시대 군사시설인 남소영이 있던 곳이라 한다. 1895년 을미사변 때 일본군에 의해 안타깝게 시해된 명성황후를 지키다가 일본군에 의해 목숨을 잃은 장병들의 영혼을 기리기 위해, 조선 말 고종황제가 이곳에 장충단을 설치하면서부터 이곳 역사가 시작되었다. 한 나라의 황제로서 나라의 힘이 없어 외세에 당한 무력감에다 더구나 황후가 일본군에게 시해를 당한 슬픔 등 고종 황제의 고뇌가 이곳에 장충단을 설치한 것이리라. 단을 세우고 순절한 장졸들의 혼을 배향하여 온 백성들의 마음을 모아 봄·가을에 제사를 지내던 경건한 장소이다. 임오군란과 갑신정변 당시 순절한 문무의 많은 사람들을 위하여 제사를 지낼 때는 군악 연주와 조총을 쏘았다고 하는데, 1910년 일제가 국권을 강탈한 후 시설이 폐지되는 아픔을 겪었다. 일제는 1920년대 후반부터 이 일대에 벚꽃나무를 심고 장충단 공원이라 했다. 일제는 이에 더하여 조선 국권 강탈의 원흉인 이등박문을 기리기 위한 박문사까지 건립하였다고 한다. 현재 이 공원에는 한국 유림 독립운동 파리 장서 비와 순국열사 이한응 선생 기념비도 함께 있다. 또한 임진왜란 때 승병장이며 외교가로 뛰어난 업적을 가진 사명당 유정대사 동상과 대한제국 말 만국평화회의에서 뜻을 이루지 못하고 자결하신 이준 열사 동상도 있다.

■ 최현배 선생 기념비

최현배 선생이 국어 학자이자 교육자임을 한글을 배운 사람이면 모르는 사람이 아마도 없을 것이다. 장충단 공원에서 길을 건너 남산으로 오르는 계단 좌측에 외솔 최현배(1894~1970) 선생의 기념비가 서 있다. 지금 기념비는 장충단 공원을 굽어보며 말이 없지만, 당시 일제는 한국인

최현배 선생 기념비

의 정신을 말살하기 위해 한글을 금지하고 창씨
개명까지 강요하던 시절이었으니 외롭게 한글
연구에 몰두하던 선생의 꿋꿋한 기상을 이 기념
비에서 보는 듯하다. 기념비 뒤에 새겨진 내용
은 이러하다. "외솔 최현배 선생님은 1894년 경
상도 울산 하상면 돌리에서 나시어 1970년 일
흔일곱의 생애를 서울에서 마치었다. 소년 시절
나라 형편을 개탄하시며 주시경의 국어와 신채
호의 국사에서 나라와 겨레를 마음에 간직하시
었다. 선생님은 '조선민족의 도'에서 청년 학생
에게 민족 구원을 호소하며 민족 갱생의 얼을 일깨워 주시었으며, 그 정
신의 표현으로,《우리말본》과《한글갈》에서 우리말과 글을 소중히 쓸 것
을 알려 주시었다. 연희학원과 조선어학회에서 일하시던 중 일본 경찰
에게 고초를 당하시었으나 해방이 되자 정부와 대학과 한글학회에서 말
과 글의 교육과 연구를 바로잡고 나라 사랑의 길과 나라 건지는 교육에
서 겨레의 나아갈 길과 번영의 방도를 밝히시었다." 선생이 1945년 봄
옥중에서 조국의 광복을 기다리며 읊은 시가 기념비 뒤 벽면에 새겨져
있다. 당시 어둡던 일제 치하에서 나라 사랑하며 지은 시 〈임〉이다.

■ 남산 둘레길

최현배 선생의 기념비를 뒤로하고 돌계단을 올라가면 남산 둘레길이

다. 마침 토요일이라 포근한 날씨 속에 많은 사람들이 막 피어나는 진달
래와 개나리를 감상하며 주변을 거닐고 있다. 사진을 찍고 정담을 나누
며 걷는 다정한 모습들이 둘레길 곳곳을 물들였다. 복잡한 도심 속에 마
련된 쾌적한 공간에서 사람들은 건강도 챙기고 마음도 열며 즐거운 시
간을 보낸다. 그 덕분에 이곳을 찾는 이들의 얼굴에는 미소가 활짝 피어
난다. 한참동안 물이 흐르는 둘레길의 자연을 감상하면서 걷다 보면 서
울시 별관을 지난다. 다시 계속 걸어서 남산타워가 보이는 계곡에 이르
면, 암자와 같은 건물이 위치하고 있다. 와룡묘다. 중국 삼국시대 촉의
재상이자 전략가인 제갈공명을 기리는 와룡묘를 지나고 나면 길가에 조
지훈 시비가 반기고 있다.

■ 조지훈 시비

따뜻한 날씨에 어린이집 아이들 20여 명이 선생님과 학부모와 함께
조지훈 시비 앞에 앉아서 이야기를 듣고 있다. 그 모습이 참으로 귀엽
다. 이 어린이들이 자라면 남산에서 본 조지훈 시비를 생각하게 될 것이
다. 조지훈(1920~1968) 시인의 본명은 동탁이다. 경북 영양에서 출생한
그는 엄격한 가문에서 한학을 배우고 혜화전문학교를 졸업한다. 1939
년에 《문장》지에서 〈고풍의상〉으로 등단하고 〈승무〉를 발표한다. 1946
년 박두진·박목월과 함께 《청록집》을 간행한다. 그의 비문에 의하면,
1942년에는 《조선어학회 큰 사전》 편찬에 참여하였고 일제의 횡포가
격심해진 2차 대전 말기에는 오대산 등에서 숨어 살았다고 한다. 1947

년부터 고려대에서 국문학을 강의, 문리대 교수를 지냈고 1967년 한국 시인협회 회장을 역임하였다. 그의 저서로는 1952년 첫 시집 《풀잎단장》, 1956년 《조지훈시선》, 1959년 《역사 앞에서》, 1964년 《여운》 등을 간행하였다. 그리고 시론詩論으로 1953년 《시의 원리》 그밖에 《시와 인생》 등이 있다.

■ 안중근 의사 동상 및 기념관

이곳 남산에는 조선 말 교육자, 독립운동가로서 조선을 침탈하는 이 등박문을 하얼빈에서 사살하고 순국한 안중근 의사가 쓴 "국가안위 노심초사國家安危 勞心焦思"란 글이 바위에 새겨져 있어 마음을 숙연하게 한다.

■ 김소월 시비

안중근 의사 기념관을 지나 남산도서관 차량 출입구 옆 남산타워 오르는 길에 김소월 시비가 있다. 김소월 (1902~1934)의 본명은 김정식으로, 평안북도 구성 출신

김소월 시비

이다. 우리에게 〈진달래 꽃〉, 〈엄마야 누나야〉, 〈산유화〉 등으로 너무나 잘 알려진 시인이다. 하지만 너무도 짧은 생을 살다 떠나간 천재 시인이자 민요 시인으로 한恨을 노래한 서정 시인이다. 소월은 가고 없지만, 시는 남아서 우리 가슴을 울린다. 이곳 남산의 시비에는 시 〈산유화〉가 새겨져 있다.

    남측순환로를 통하여 남산의 정상에 위치한 봉수대와 잠두봉에서 서울을 내려다본다. 멀리 삼각산에서 흘러온 산맥이 북악과 인왕으로 이어져 서울을 감싸고 있다. 서울은 이제 우리만의 서울이 아니다. 수많은 외국인들이 와서 서울을 내려다보면서 서울의 아름다움에 취하고 있다. 케이블카 승강장 입구에 사랑의 열쇠도 가득하다. 몇 개 탑을 이루고 있을 정도로 명물이 되었다. 모두 행복을 기원하며 잠근 자물쇠다. 저 아래 빽빽한 빌딩 숲속에 초침과 다투며 열심히 살아가는 서울 시민들에게 남산은 허파와 같은 존재라 생각된다. 언제 찾아와도 반기는 푸른 숲이 있는가 하면, 그 속에서 생각하며 걸을 수 있는 산책 코스가 심신을 맑게 한다. 그리고 그 길을 따라 만나는 선인들의 동상과 문학비는 우리들의 가슴을 한층 풍요롭게 해 주고 있다.

《인간과문학》 2017년 여름호

2부

망우역사공원 인문학 길
- 박인환, 김영랑, 최학송, 계용묵, 한용운, 최신복, 방정환, 김상용

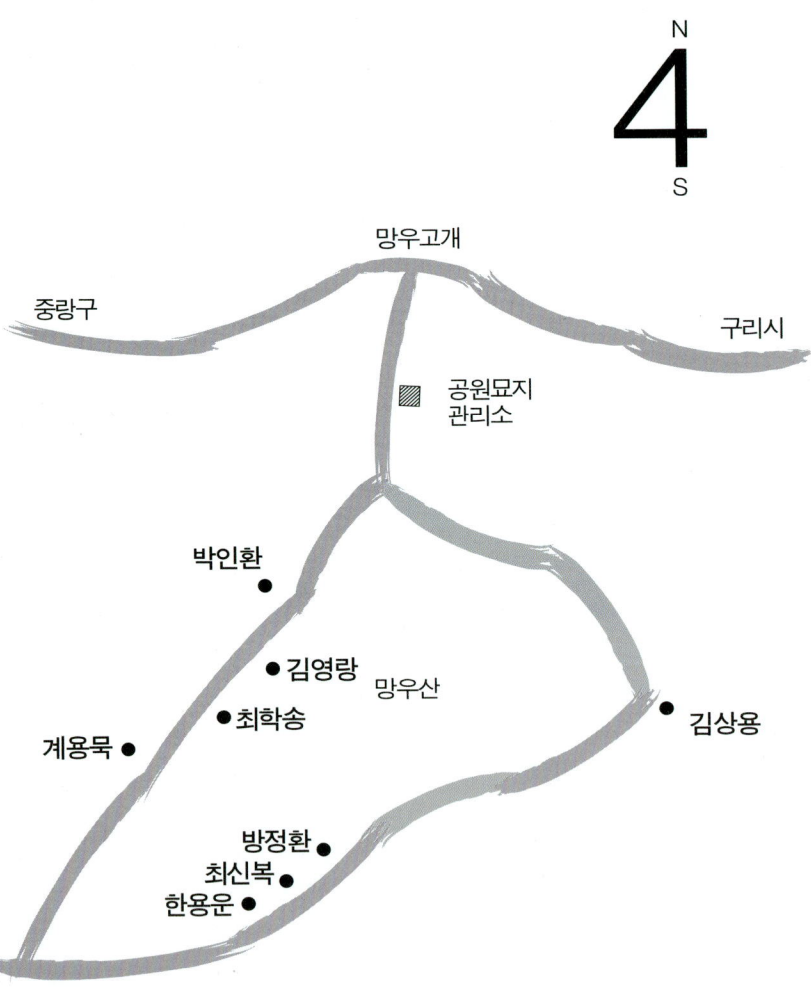

N

4

S

망우고개

중랑구

구리시

공원묘지
관리소

박인환 ●

● 김영랑   망우산

● 최학송

계용묵 ●

● 김상용

방정환 ●
최신복 ●
한용운 ●

어제까지 비가 왔는데 오늘은 햇살이 밝게 웃는다. 서울의 동쪽에 위치하고 있는 아차산, 용마산, 망우산은 해발 고도가 높지 않고 도심에서 접근성도 좋으며 서로 연결되어 있어 많은 시민들이 즐겨 찾는 곳이다. 특히 망우공원 일대는 일제에 나라를 빼앗긴 지난 시절, 독립운동과 민족정신을 일으켰던 시인이자 독립운동가이며 승려인 만해 한용운 선생을 비롯, 오세창, 지석영, 문일평, 이중섭 등 독립운동, 정치가, 학자, 예술가 등 많은 유명 인사들의 묘역이 있는 곳이다. 멀리 태백산 검용소에서 발원하여 수백 리를 거쳐 흘러 내려오는 한강의 유역과 서울 도심을 한꺼번에 볼 수 있는 있는 장소로도 손색이 없는 산이다. 조용히 산책하면서 생각할 수 있는 곳이자 서울시민들과 인근 구리시민들이 즐겨 찾는 휴식처이기도 하다.

■ 박인환朴寅煥 시인

작고하기 1주일 전에 쓴 시 〈세월이 가면〉으로 유명한 시인 박인환을 알리는 표지석이 눈길을 끈다. 시 〈세월이 가면〉은 대중에도 많은 사랑을 받은 노랫말이기도 하다. 표지석 전면에는 이렇게 쓰여 있다. "인생은 외롭지도 않고/ 그저 잡지의 표지처럼/ 통속하거늘 한탄할/ 그

박인환 시인 묘소

무엇이 무서워서/ 우리는 떠나는 것일까."(〈목마와 숙녀〉 중에서) 이 표지석을 발견하고 나무 계단으로 100미터 정도 내려오니 4각으로 된 선생의 묘비가 있다. 여기가 30년의 짧은 생을 살다 가신 선생의 묘소임을 알려 주고 있었다. 묘의 방향은 북향으로 서울을 내려다보며 봉화산을 바라보고 있는 곳이었다. 햇볕이 따스하게 내려앉는 곳인데 등산로 길가 옆이라 사람들의 왕래가 있어 길이 나 있다. 묘비를 살펴보니 이렇게 쓰여 있다. "지금 그 사람 이름은 잊었지만/ 그 눈동자 입술은/ 내 가슴에 있네" 선생의 시 〈세월이 가면〉의 일부다. 이 시는 1956년 3월, 예술가들이 자주 찾아 교류하던 서울 명동의 지하주점 은성에서 썼는데 이 시를 본 작곡가 이진섭이 즉석에서 작곡했고, 가수 나애심이 노래를 불러 유명해졌다. 평소 얼마나 가슴 깊이 담아온 그리움의 대상이 있었으면 묘비에까지 이렇게 쓰였을까 생각하니 너무도 애절하여 가슴이 아린다.

■ 김영랑 시인

영랑 시인(본명 김윤식)의 묘비가 2024년 8월 15일 망우공원에 조성되었다. 1903년 전남 강진 출생인 그는 우리나라 대표적 서정 시인이자 독립지사다. 강진보통학교를 졸업하고 일제의 암울한 시

김영랑시인 묘비

기였던 1917년 휘문의숙에 입학 후 1919년 3·1 운동으로 6개월간 옥고를 치렀다. 1920년 일본으로 가서 아요야마학원 영문과에 입학 후 간토대지진으로 귀국했다. 1930년 정지용 박용철 이하윤 등과 《시문학》 동인으로 활동했다. 여기에서 〈동백잎에 빛나는 마음〉 등 6편을 발표했고 1934년 4월《문학》 3호에 그의 대표작 〈모란이 피기까지는〉을 발표했다. 이후《문학》,《조광》, 조선일보 등 여러 곳에서 시와 수필 평론 등을 발표했다. 광복 후 제헌 국회의원에 출마, 공보처 초대 출판국장을 역임했다. 이후 6·25 전쟁 중인 1950년 9월 29일 신당동에서 포탄으로 운명했다.

■ 최학송 소설가

박인환 시인의 묘소를 보고 포장 산책로를 따라 10여 분 걷다 보면 도로 변에 서해 최학송의 문학비가 보인다. 검은 대리석에 새겨진 문학비는 이렇게 기록하고 있다. "여기에 최학송(호 서해) 선생이 잠들어 있다. 함북의 성진 태생인 서해는 일제 치하 만주와 한반도를 전전하며 곤궁하게 살다 서울서 숨을 거두었다. 그는 하층민의 현실적 삶을 반영한 소설 〈고국〉, 〈탈출기〉, 〈해돋이〉, 〈홍염〉 등의 문제작을 남겼다. 문학비는 2004년 우리문학기림회가 세웠다." 그는 1901년 1월부터 1932년 7월 9일까지 짧은 생애를 살면서도 문학에 대한 남다른 열정을 보인 문학인으로 도로 위쪽으로 설치한 계단을 오르면 그의 묘소가 있다. 안내판에 의하면 1924년 단편소설 〈고국〉이 《조선문단》에 추천되어 문단에 나왔고 중외일보 기자와 매일신문 학예부장을 지냈으나 32세의 젊은 나이에 위문협착증으로 사망했다. 미아리 공동묘지에 문인장으로 치러졌으나 묘지를 돌볼 가족이 없어 1958년 김광섭 시인 등 문인들에 의해 이곳으로 이장되었고, 정종배 시인 등이 묘지를 돌보고 있다고 한다. 2015년부터 최학송기념사업회가 7월 9일 기일 전후에 추모식을 거행하고 있다고 한다.

■ 계용묵 소설가

최학송 소설가의 묘소를 지나고 서쪽 방향으로 가다 보면 바로 인접하여 계용묵 소설가 묘소 방향 표지가 보인다. 도로에서 아래 방향으로 110m 거리다. 묘소 주변엔 봄의 계절에 찾아온 자주색 제비꽃들이 소설가의 영혼을 위로하고 있다. 검은 대리석 전면에 '작가계용묵지묘'라 되어 있고, 후면에는 "주요 작품 〈백치 아다다〉, 〈병풍에 그린 닭이〉, 〈별을 헨다〉 이밖에 60여 편을 남겼다"로 기록하고 있으며 1962년 8월 현대문학사와 사우 일동이 세운 것으로 되어 있다.

■ 만해萬海 한용운韓龍雲 선생

계용묵 선생의 묘소를 뒤로 하고 포장도로를 따라 삼거리에서 좌측 방향으로 한동안 더 올라가니 만해 한용운 선생의 표지석이 나온다. 표지석 바로 위에는 새로 조성한 한용운 상像 좌우로 2기의 시비가 보인다. 표지석 맞은편으로 한용운 묘소가 등록문화재 제519호임을 알리고 있다. 안내판은 이렇게 기록하고 있다. "한용운(1879. 8. 29.~1944. 6. 29)은 대한제국과 일제강점기의 독립운동가, 승려, 시인이다. 3·1 독립 선언을 주도하였던 민족 대표 33인의 한 사람으로 옥중에서 〈조선독립 이유서〉를 지어 나라의 독립과 자유를 주장하였고 《불교유신론》을 발간함으로써 불교계의 개혁을 주장하여 일제의 조선 불교 침탈에 저항하였으며 '님' '당신' 등의 상징을 통해 민족정신과 일제에 대한 저항의식을 표현한 서정시 90여 편을 묶은 시집 《님의 침묵》을 발간하였다. 한국 근대 최대의 전인적 규모의 사상가, 예술가, 실천가였던 선생이 부인과 함께 안장된 이곳은 선생의 애국정신을 기리는 역사적, 교육적 가치가 커 2012년 국가등록문화재로 지정되었다." 안내 간판을 따라 위로 올라가면 만해 한용운 선생 내외분의 봉분이 나란히 조성되어 있는 앞에 상석이 놓여 있고, 좌측에 만해사상연구회에서 만해 선생의 약력을 기록한 비가 설치되어 있다.

시인 한용운 상

■ 최신복 아동문학가

사람이 사람을 얼마나 좋아하면 죽어서도 자신의 묘까지 좋아하던 사람의 묘소 인근에 조성하겠는가. 방정환 선생 묘소로 올라가는 입구에 최신복 아동문학가의 묘소가 있다. 방정환을 좋아하던 최신복 선생은 1939년 아버지가 별세하자 수원의 선산을 두고 방정환 선생 묘소 아래 부친의 묘소를 조성하고 어머니 묘소도 함께 조성했다. 자신과 부인 차순애의 합장묘도 방정환 묘소 입구에 묻혀 있다. 검정색 묘비에는 그가 쓴 동요 〈호드기〉가 새겨져 있다. 최신복(1909~1945)은 수원에서 화성소년회를 조직 어린이 운동을 했다. 1929년 개벽사에 입사 《학생》, 《어린이》 등의 잡지를 편집하며, 1938년 최초의 수필잡지 《박문》의 편집인 겸 발행인으로 활동했고, 1940년 《소파 전집》을 간행했으며, 1941년 《신시대》 주간 등의 편집자로도 활동, 1945년 1월 폐결핵으로 별세했다.

■ 소파小波 방정환方定煥 선생

한용운 시인의 묘소를 참배하고 내려와서 포장 산책로를 따라 한동안 가다 보면 도로에 소파 방정환 선생의 어록이 새겨진 표지석이 나오는데 이렇게 쓰여 있다.

소파 방정환 선생(1899~1931, 아동문학가, 문화운동가).
어린이의 생활을 항상 즐겁게 해 주십시오. 어린이는 항상 칭찬해가며 기르십

시오. 어린이의 몸을 자주 주의해 살펴 주십시오. 어린이에게 책을 늘 읽히십시오. 희망을 위하여, 내일을 위하여 다 같이 어린이를 잘 키웁시다.

- 〈어린이날의 약속〉 중에서

표지석 바로 앞에는 소파 방정환 선생 묘소 입구라는 입석이 위치하고 있다. 이를 따라 조금 오르다 보면 좌측에 최신복 선생의 묘소가 보이고 여기서 10m 내외에 소파 방정환 선생의 묘가 나온다. 선생의 묘소는 봉분이 아닌 돌로 구성되었다. 마치 무등을 타고 있는 형상으로, "童心如仙 어린이의 동무 小波 方定煥之墓"라고 쓰여 있다. 마침 5월이라 어린이날이 가까워 온다. 어린이를 비롯한 가족들이 심심오오 침배하는 아름다운 모습의 사람들이 보이고 기념사진을 담는 사람들도 보여 시민들의 존경을 한 몸에 받는 어른임을 증명하는 듯하다. 묘소 옆에는 소파 방정환 선생의 비가 1983년 5월 5일에 건립되어 있다.

한국인이면 소파 방정환 선생을 모르는 사람이 없을 것이다. 일제강점기 시절 나라의 장래는 오직 이 땅의 어린이들을 잘 키우는 일이라 깨닫고 그는 생전에 민족주의를 바탕으로 한 최초의 아동문화 운동가, 사회 운동가로 색동회와 어린이날을 제정했고 《어린이》지를 통하여 아동문학가의 발굴·육성에 힘썼으며, 어린이들이 자유롭고 행복한 생활을 누릴 수 있도록 노력하였다. 1957년 소파상이 제정되고 1971년에는 남산공원에 동상이 세워졌으나 서울어린이대공원으로 이전되었다

방정환 시인 묘소

■ 월파月坡 김상용金尙鎔 선생

　월파 선생의 묘소는 안내 표지석이 없어 찾기가 어려웠다. 박인환 선생의 묘를 뒤로 하고, 오던 길을 되돌아 망우공원 관리소에서 좌측 포장도로를 약 1km 정도 오르는데 맨 처음 나타나는 형제약수터 방향 표지판을 지나고 다음에 나타나는 형제약수터 방향 표지판(구리경찰서에서 설치한 위치번호 436) 바로 아래 포장도로와 인접한 곳에 월파月坡 김상용金尙鎔 선생의 묘소가 있었다. 산소의 현황을 살펴보니 도로 바로 아래 양지바른 곳에 누워 계셨다. 잠시나마 강원도지사를 지냈고 대학교수를 지내신 분으로는 규모나 위치 등에 있어 여느 일반 묘소와 다름없이 넓지도 않은, 너무 평범한 봉분 묘지였다. 묘비 측면에 "단기 4235년 8월 17일 경기 연천에서 나셔서 4284년 6월 22일 부산에서 돌아가셨으며 4289년 3월 3일 이 자리에 옮겨 뫼시다."라고 되어 있다. 선생의 묘비 전면에는 '月坡 金尙鎔之墓'라 되어 있고 뒷면에 월파月坡 선생의 시 〈향수鄕愁〉가 새겨져 있었다.

> 人跡 끊긴 山 속/ 돌을 베고 하늘을 보오.//구름이 가고/ 있지도 않을 故鄕이 그립소.
>
> － 〈향수鄕愁〉 전문

　월파 김상용 선생은 경기도 연천 출신으로 시인이자 영문학자이기도 하다. 1902년에 출생하여 1951년에 작고했다. 1927년 일본 릿쿄대학 영문과를 졸업 후 보성고등학교 교사를 거쳐 이화여자전문에서 교수로 재직하다 일제의 탄압으로 영문학이 폐강되어 교수직을 사임했다. 광복 후 잠시 강원도지사로 임명되었으나 곧 사임 후 이화여대 교수로 복직했다. 문단 활동은 1930년 동아일보에 시 〈무상〉, 〈그러나 거문고의 줄은 없고나〉를 발표하였다. 1934년 《문학》에 시 〈남으로 창을 내겠소〉를 발표하는 등 왕성한 활동을 하였고, 1938년 발표한 수필 〈우부우화〉 등 수필도 많이 썼다. 1939년 시집 《망향》을 간행하였고 1949년 미국 보스턴 대학 영어영문학부에서 문학 석사를 취득하고, 1950년 수필집 《무하선생방랑기》발표했다.

5월은 온갖 생명들이 새로 태어나는 계절임을 이야기해 주는 것 같다. 산철쭉도 화사하고 하얀 조팝나무 꽃과 병꽃들이 제철을 만난 듯 향연을 펼치는 아름다운 계절에 희망이 좌절된 일제강점기 시절에도 독립운동과 민족의식을 고취하며 문학인으로서의 열정을 불태우던 선인들을 이곳 망우공원에서 찾아뵈었다. 차원 높은 수준에서 문학 세계를 창조하였고 한국 현대시의 토대를 마련해 준 선각자들이다. 이분들 이외에도 일제강점기 조국의 독립을 위해 헌신하신 수많은 애국지사들이 이 망우공원에 잠들어 있다. 과거 없는 현재가 있을 수 없듯 현재 없는 미래가 없을 것이다. 후대를 살아가는 우리 세대가 이어야 할 값진 정신적 지주가 아닌가 생각한다.

《인간과문학》 2015년 여름호

진관사와 기자촌의 조화: 은평구 진관동, 불광동의 문인들

- 진관사, 한옥역사박물관, 기자촌, 이호철, 최인훈, 장용학

이말산 길

진관사

구파발역

한옥
역사박물관

기자촌

이호철 길

독바위역

연신내역

장용학 가옥

가을이다. 더 없이 청명한 아침 날씨가 기분까지 상쾌하게 한다. 알밤이 제 무게를 이기지 못해 소복하게 내려앉은, 풍요롭고 넉넉한 가을이다. 은평 관내 문인들의 발자취를 찾아가는 문학 지도를 그리기 위해, 구파발역 인공폭포 뒤쪽 능선 이말산으로 향한다. 나무 계단을 올라가니 숲이 우거진 능선길이 이어진다. 지금은 진관근린공원으로 지정, 많은 시민들이 즐겨 이용하는 명소가 되고 있다. 이 산책길에는 옛 궁녀의 일생을 알 수 있는 표지판이 설치되어 있어 관심을 모은다. 여기에 은평구에서 설치한 정지용, 윤동주, 박목월, 이형기 등 작고한 시인의 시詩가 기립하여 반긴다.

■ 진관사

은평 둘레길 3구간이 끝나는 한옥 마을 입구에서 진관사 표지석이 보이고 한옥 마을을 지나 백초월길 끝 북한산 자락에 위치한 진관사로 향한다. 청명한 날씨 덕분인지 등산객과 함께 사람들이 줄을 잇는다. 해탈문과 아름드리 소나무와 숲, 그리고 옥류천이 흐르는 계곡을 지나면 양지바른 언덕, 북한산의 정기가 오롯한 곳에 진관사가 위치해 있다. 십여 동의 아름다운 전각들이 펼쳐져 있는 마음의 정원이다.

진관사는 고려 제8대 왕인 현종(대량원군)이 어린 시절 궁궐에서 쫓겨나, 살해될 위험이 있자 이곳 암자에 3년간 머물렀는데 그때 토굴에 숨겨준 진관대사를 기리기 위해 창건된 사찰이다. 이후 고려 선종, 숙종, 예종 등 왕들이 순행하고 물품을 보시하는 등 국가 사찰로 대우를 받았

진관사

다. 조선시대에는 태조가 나라를 위해 목숨을 바쳤으나 후손이 없어 제
사를 받지 못하는 영혼을 위로하기 위해 수륙제를 개설하도록 지시하고
공사 낙성식에도 참석했던 곳이다. 세종(1442년)은 이곳에 독서당을 세
우고 성삼문, 박팽년 등 집현전 학자들이 학업에 몰두하도록 하였다. 이
러한 진관사는 1950년 6·25 전쟁으로 거의 폐허가 되었으나 1963년
비구니 스님인 최진관 스님의 열정적인 노력으로 대웅전 등 다수의 건
물을 신축하여 현재에 이르고 있다. 진관사는 예로부터 동쪽의 불암사,
서쪽의 진관사, 남쪽의 삼막사, 북쪽의 승가사를 포함 한양의 4대 명찰
이라 한다.

　조선조 말 일본에 의해 국권이 소실되고 일제의 조선 말살 정책이 시
행되었다. 이에 구한말 뜻있는 선각자들은 조선의 독립을 위해 치열한
노력과 목숨을 건 투쟁을 전개하였다. 진관사 백초월 스님도 이 가운
데 한 분이었다. 진관사에 따르면 백초월 스님은 당시 대한민국 임시정
부 초기부터 임시정부와 밀접한 관계를 가지며, 독립운동을 전개하였을
뿐 아니라 국내 독립운동을 연결하는 데 중요한 역할을 하였다. 스님은
1920년대 초에 독립운동으로 일제에 체포되어 갖은 고문을 당하고 출
옥하였다. 1939년에 다시 독립만세 낙서 사건으로 다시 피체되어 출옥

되었다가, 또다시 체포되었고 1944년 6월 청주교도소에서 옥중 순국하였다.

진관사는 2009년 5월부터 오래된 칠성각을 전면 보수하게 되었다. 이때 칠성각의 불단과 기둥 사이에서 한지로 된 큰 봉지를 발견하고 이를 떼어내자 태극기를 비롯한 독립신문 등 20여 점의 독립운동 관련 유물이 나왔다. 태극기는 1919년 3·1 운동 당시 기관이나 단체가 사용했던 것으로 보이고, 일장기 위에 태극과 4괘의 형상을 먹으로 덧칠해 그린 것으로 항일 의지를 극대화했다. 이 태극기는 현재 '진관사 태극기'라 불리며 독립운동사에 중요한 역사적 가치를 지닌 것으로 평가되고 있다. 여기에는 대한신문 2, 3호가 최초로 발견되었고, 경고문, 조선독립신문, 자유신종보, 신대한, 독립신문 5점 등 1919년 6월 6일부터 12월 25일까지 제작된 사료가 발견되었다. 이는 당시 진관사에 주석했던 백초월 스님이 1920년 일제에 체포되기 직전 칠성각 벽면 비밀 장소에 숨겨 놓은 것으로 추정되고 있다. 진관사 소장 태극기 및 신문 등은 2010년 2월 25일에 등록문화재 제458호로 지정되었고, 이 가운데 태극기는 등록문화재에서 해제, 2021년 10월 25일 국가지정문화재(보물)로 지정되었다.

■ 은평 한옥역사박물관

은평구의 독특한 한옥역사박물관을 답사한다. 이 박물관은 2016년 서울의 명산인 도봉산과 북한산을 일주하는 '북한산 둘레길'을 걸으면서 알게 되었다. 당시 '한국문학 속의 은평전'이 열리고 있었는데, 그때 은평구에는 어느 구보다 이름난 문인들이 많이 거주한다는 사실을 알게 되었다. 지리적으로 서울 도심과 가까운 곳에 위치한 곳이기도 하지만 가난했던 문인들이 터를 잡아 문학 창작 활동을 하기에는 가장 적당한 지역임을 확인할 수 있는 기회였다. 그러나 그때는 전시장을 관람하는데 그쳤다. 오늘은 북한산 자락 은평구의 역사 속에서 작품 활동을 한 문인들의 자료를 찾기 위해 한옥역사박물관 사무실을 찾아간다. 박물관 팀을 방문하여, 2016년 전시회 때 미처 확보하지 못한 '한국문학 속의 은평展' 자료를 요청했는데 감사하게도 귀한 자료를 찾아서 제공해 준다.

참고로 은평 한옥역사박물관은 현대식 3층 건물과 야외전시장으로 되어 있다. 1층은 사무실, 희망 장난감도서관, 교육실 등이 배치되어 있고, 2층은 은평 역사실, 작은 도서관, 은평 마당 등으로 구성되어 있다. 3층은 한옥 전시실, 기획 전시실, 은평 한옥 마을을 한 눈에 볼 수 있는 전망대, 외부 야외 공간은 통일신라 기와 가마유구 등으로 짜임새 있게

은평한옥역사박물관

구성되어 있다. 한마디로 한옥역사박물관은 한옥의 변천과 근대 한옥의 모습을 전시한 공간으로 한옥의 가치, 한옥의 집짓기 등을 통하여 한옥의 지혜와 우수성을 살피게 하는 전시 및 교육장으로 역할을 충실히 하고 있다.

■ 기자촌

1969년도에 북한산 자락 진관외동에 기자촌이 만들어지게 되었다. 지금의 175번지 일대로 당시 박정희 대통령의 제안에 의해 이루어졌다고 한다. 초창기에는 가파른 언덕에 물도 나오지 않아 물차가 하루에 한 번씩 오고, 대중교통도 없어 논밭 길을 걸어 구파발까지 가야 버스를 탈 수 있는 곳, 여름 장마에는 축대를 걱정해야 했고 겨울에는 난방 문제로 고생하던 곳이었지만 그래도 이곳을 새로운 도약의 터전으로 삼은 사람들이 있었다. 기라성 같은 인물들이었다. 소설 《자유의 가교》 권태웅, 시집 《조용한 무제》의 김시철, 소설 《귀향》의 박기원, 소설 《은교》의 박범신, 소설 《삼팔선》의 박연희, 소설 《왕조의 제단》의 서기원, 방송작가 이진섭, 시집 《백로》의 한승헌 등이다. 이제 이곳 일부는 기자촌 11단지로 개발되었고 기자촌 옛터라는 돌에 새긴 표지석이 공터를 지키고 있는데 전국적인 유치 경쟁을 벌렸던 국립한국문학관이 2027년에 들어설 예정이다.

이호철 소설가

은평구 불광동에서 50여 년을 살았다는 흔적을 찾기 위해 지하철 6호선 독바위역 근처, 이호철 길을 걷는다. 이 길은 독바위역 입구에서 시작되어 불광중학교까지 약 600여 미터 거리다. 평소 이호철 소설가가 살던 동네의 부동산중개사무실에 가서 물어보니 몇 년 전 식당을 경영했을 때, 부인과 가끔 식당에도 들르고 연말 모임 때는 식당에서 30여 명이 모여 송년식도 했다고 한다.

이호철 소설가는 1932년 함경남도 원산에서 태어나서 1950년 6·25전쟁 때 인민군으로 참전하였다가 포로가 되어 풀려나 귀향 후 혼자 월남했다. 1955년 단편소설 《탈향》이 《문학예술》에 추천되어 문단에 나왔고 1961년 단편소설 〈판문점〉, 1962년 〈닳아지는 살들〉 이후 장편소설 《서울은 만원이다》, 《남풍북풍》, 《그 겨울의 긴 계곡》, 《천상천하》, 단편소설 〈남녘사람 북녘사람〉, 2009년 장편소설 《별들 너머 이쪽과 저쪽》 등이 있고 1989년 《이호철 전집》이 간행되었다. 이호철 소설은 자전적 체험을 중심으로 구축되어 있고, 작품의 바탕에는 전쟁과 분단, 이산과 정착이라는 현실이 차지하고 있다. 그는 현대문학상을 시작으로, 대한민국문학상, 대산문학상, 대한민국 예술원상, 요산문학상, 3·1문화상 예술상 등을 수상했다. 2016년 9월 18일 작고했다. 은평구 통일로 767(대조동 241번지) 호반베르디움 스테이원 상가 2층에 이호철 북콘서트홀이 있다.

최인훈 소설가

6호선 독바위역 부근 불광동 221번지는 그가 20여 년간 살던 곳이다. 문학 지도를 그리기 위해 일대를 답사해 보았다. 하지만 번지가 수십 필지로 나누어지고 현상도 달라져 찾을 수가 없었다. 그렇다고 문단에서 빛나는 그의 업적을 살펴보지 않을 수는 없다. 그는 1936년 4월 함경북도 회령에서 태어난다. 북한에 소련군이 진주하고 목재상을 운영하던 아버지가 공산 정권에 의해 중상류층으로 분류되자 고향에서 살 수 없어 6·25 전쟁 때 전 가족이 월남했다. 이후 소설가·희곡작가로 활발한 작품 활동 하다가 1973년 미국 아이오와 대학 작가 프로그램에 참가하고 귀국, 1977년부터 서울예대 문창과 교수로 재직한다. 1960년 4·19가 일어난 자유로운 분위기에서 《가면고》, 중편소설 《광장》을 《새벽》에 발표, 특히 《광장》은 50년 가까이 스테디셀러가 되어 한국문단에서 문학의 지평을 연 뛰어난 작품으로 기록된다. 이후 장편소설은 《회색인》, 《서유기》, 《소설가 구보 씨의 일일》, 《태풍》 등이 있고, 중편으로 〈구운몽〉, 〈열하일기〉, 단편으로는 〈우상의 집〉, 〈웃음소리〉 등이 있다. 연작소설 《크리스마스캐럴》, 《총독의 소리》 등을 계속 발표한다. 이산문학상, 서울시 문학상, 박경리 문학상, 한국일보 희곡상, 문화훈장 대통령장과 금관문화훈장을 수상하고 2018년 7월에 작고했다.

박연희 소설가

박연희 소설가의 옛 주소지를 찾기 위해 연신내에서 구파발 사이 불광동 480번지를 답사한 바, 이강연립이란 건물이 들어서 있다. 표지석이나 흔적을 찾을 수는 없었다. 박연희 소설가는 1918년 9월 함흥에서

태어나서 광복 후 월남했다. 《백민》, 《자유문학》 등에서 활동하며 편집
장 등을 지냈다. 1946년 《백민》에서 〈쌀〉을 발표하여 문단에 등단하였
고, 이후 〈삼팔선〉, 〈고목〉, 〈여인〉 등을 발표하였다. 이후 〈빙화〉, 〈부르
조아지의 후예〉 등을 발표, 현실의 비인간성과 사회상을 고발하는 소설
을 쓰기 시작했고 〈패배자〉, 〈흑하〉 등을 발표했다. 〈환멸〉, 〈고향〉, 〈여
수〉 등을 발표하고. 이어서 〈방황〉, 〈변모〉를 발표했고 1975년 대하소설
《홍길동》을 발표한다. 한국예술원 회원과 한국소설가협회 고문을 지냈
으며 상훈으로는 한국자유문학가협회상, 보관문화훈장, 대한민국 예술
원상, 은관문화훈장 등이 있다. 2008년 12월 9일 작고했다.

장용학 소설가

1921년 4월 함경북도 부령에서 출생, 1943년 일본 와세다대학 상과
에 재학 중 학병으로 끌려갔다가 광복으로 귀국하였다. 1947년 월남
하여 한양공고, 경기고, 무학여고 교사로 재직하면서 작품 활동을 병행
하였다. 경향신문, 동아
일보 논설위원과 1949
년 연합신문에 《희화(戲
畫)》를 발표·연재하였고,
1950년 단편소설 〈지동
설〉과 〈미련소묘〉로 《문
예》에 추천되고, 1955년
단편소설 〈요한 시집〉을
발표했다. 1960년 《현대

소설가 장용학 생가

의 야》로 문단에 확고한 지위를 가졌다. 이후 《태양의 아들》, 《청동기》, 《유역》, 〈하여가행〉을 발표한다. 장용학은 국한문혼용체를 사용한 작품과 관념소설이란 새로운 계보를 만들어 냈다.

장용학 소설가의 생가를 찾는다. 연신내역에서 구산동 방면 은평구 연서로 183-10 은평 연세병원 옆에 위치하고 있으며 서울시 미래유산으로 지정되어 있는 단층 양옥 건물이다.

은평구는 2027년이면 국립한국문학관이 들어서는 곳이다. 특히 저명한 문인들이 터를 잡고 열심히 창작 활동을 하던 곳이다. 여기에 올린 유명 문인 이외에도 많은 작가들이 활동했고 지금도 활동하는 곳이다. 다만 한정된 지면에 더 이상 언급을 할 수 없는 아쉬움이 남는다.

깊어 가는 가을은 산책과 독서하기에 더없이 좋은 계절이다. 책 한 권 들고 가까운 곳이나 공원에서 가을 햇살을 받으면서 책에 마음을 담아 보는 것도 일상의 행복을 가지는 기쁨이 아닐까 생각된다.

《인간과문학》 2021년 겨울호

독립문과 안산자락길

– 박두진, 유치환, 정을병, 윤동주, 이육사, 김춘수, 박영준

박영준문학비
연희숲벚꽃길

폭포
서대문구청

●박두진시비
●유치환시비
●정을병문학비

윤동주시비 ●

연북 중학교

만남의장소
●김춘수시

●이육사시비

한성과학고
서대문구의회

독립문역

독립공원
■독립문

서재필 동상 ●

독립선언기념탑 ●
순국선열추념탑 ●

사람들은 생활을 함께하는 가족이나, 자신이 생활하고 있는 주변이 가장 중요함을 알면서도 대수롭지 않게 생각하는 경향이 있다. 항상 곁에 있고, 알게 모르게 혜택을 받으면서 살고 있으니 당연시하면서, 그 고마움을 잊고 있는 것이다. 스스럼없이 대할 수 있는 편안한 상대, 그리고 언제든지 찾을 수 있는 곳이라 생각하니 소중한 줄을 모르는 게 인심이다. 서대문구 안산이 그러한 존재다. 전철만 타면 도달할 수 있는 국립공원인 북한산과 도봉산의 유명세에 밀려, 원만한 산은 그 명함을 내지 못하고 있긴 하지만, 안산은 지하철 3호선이 바로 옆을 달리고 있고, 독립문이 있는 독립공원이 자리하고 있는 명소로서 소리 없이 사랑을 받고 있는 산이다.

안산은 일명 무악이라고도 불리는 산으로 해발 296미터의 아담한 높이다. 산 정상이 말이나 소가 짐을 운반할 때 쓰는 안장처럼 생긴 산이라 안산이라 했다는 산이다. 또한 조선을 개국한 태조가 한양에 궁궐터를 잡을 때, 안산을 주산으로 검토한 때도 있었다고 한다. 이곳은 신라시대 창건했다는 천년사찰 봉원사도 위치하고 있다. 지하철 3호선 독립문역에 바로 인접해 접근하기도 편리하다. 첫인상부터 다른 공원이다. 푸른 숲으로 잘 정비된 독립공원과 안산자락길에서 독립운동 문인들의 길을 본다.

■ 독립공원

길마재고개(무악재) 입구 안산 자락에 위치한 독립공원은 말이 없다. 지금은 시민들의 휴식공간으로 역할을 하고 있지만, 그보다는 우리 민

독립문

족이 겪은 아픈 역사의 산 교육장으로서 우리 후손들의 가슴에 깊이 새겨야 할 독립이란 뜻과 역할을 수행하고 있는 곳이다.

독립공원에는 독립문을 비롯하여, 서재필 선생 동상, 독립관, 독립선언 기념탑, 순국선열 추념탑, 그리고 수많은 애국선열들이 순국한 서대문 형무소가 위치하고 있어 독립의 소중함을 역설하고 있다. 1800년대 후반의 대한제국은 밀려오는 외세를 감당할 힘이 없었다. 임오군란, 갑신정변 등의 사건과 한 나라의 임금인 고종이 러시아 대사관으로 피신한 아관파천 등 국가적인 위기를 맞이하게 되었다. 이러한 시기를 맞이하자 이승만, 서재필 등 뜻있는 인사들이 성금을 모아 명나라와 청나라 사신을 맞이하던 영은문 자리에 독립문을 건립하여 민족 자주의 정신을 높였다. 독립문에는 한글로 독립문이란 글을 새기고, 좌우에는 태극기를 배치했다. 하지만 이러한 독립 정신 고취와 전국적인 의병들의 봉기에도 불구하고, 일본은 청일전쟁을 일으키고, 노일전쟁에 승리한 후, 자신의 힘으로 나라를 지킬 힘이 없는 대한제국을 강제로 병합하였다. 우리 역사상 처음으로 나라를 빼앗긴 것이다. 일제는 대한제국 말부터 나라의 독립을 요구하며 투쟁하던 수많은 의병들과 애국지사들을 무자비하게 탄압하고 고문하고, 처형을 자행했다. 그 자리가 바로 이곳 서대문 형무소다.

■ 안산자락길

독립문 공원을 뒤로하고 안산자락길로 향한다. 한성과학고 가는 방향으로 해서 서대문구 의회 건물 쪽으로 난 길로 오른다. 한성과학고 담장을 지나고 보면 얼마 지나지 않아 잘 만들어진 데크가 나온다. 옆에 안산 자락길 이용 안내 표지판이 친절하게 안내하고 있다. 설치된 데크를 따라가기만 하면 되는 편안한 길이다. 안산자락길은 총 연장 7km로 완만한 경사에 시설이 잘 되어 있어 다니기에 불편함이 없는 코스로 조성되어 있다.

데크에 오르면 우선 숲속 꽃들과 새들이 저마다의 모습으로 반긴다. 초여름의 날씨에도 불구하고 숲의 향기와 바람까지 찾아오니 상쾌함을 더한다. 산에 자란 뽕나무가 오디를 달고 있다. 더 이상 누에를 치지 않은 뽕나무다. 홍제 1동과 천연동 표지판 옆으로 안산자락길 지도가 친절하다. 산딸기도 고개를 내어 밀고 있다.

이어진 데크를 따라가다 보면 이준 열사, 안중근 의사, 유관순 열사 등 많은 독립유공자들의 존영과 공적 약력 등을 게재한 시설물을 맞이하게 된다. 이곳이 일제의 악형으로 순국한 애국선열들의 한이 서린 역사적인 장소이기도 하거니와 다시는 이런 치욕스러운 비극을 당할 수 없다는 의지의 표현인 것이다.

계속 이어지는 데크는 평탄하게 조성되어 누구나 산책하기에 좋다. 주변의 울창한 숲과 인왕산과 북한산이 한눈에 들어오는 조망터도 위치하고 있어 주변 경치를 보는 즐거움을 더한다. 곳곳에 쉴 수 있는 정자도 있고, 책을 볼 수 있는 북 카페도 보인다. 혼자 조용히 사색하며 걸을 수 있는 곳, 이곳 안산자락길이다. 아카시아 나무들이 집단을 이루어 있다. 지금은 아카시아 꽃은 지고 없지만 아직도 향기에 취하는 듯한 기분이다. 아카시아를 비롯한 각종 나무들이 숲을 이룬 곳, 도시의 허파가 이곳인 것이다.

■ 박두진 시비

설치된 데크가 끝나고 흙길을 따라가다 보면 정자가 나오고, 포장된 도로 시작점이 나온다. 도로 시작점 지점 숲속 입구에 박두진 선생의 시비 3개가 우뚝하다. 숲길을 그냥 산책하는 것도 좋은데, 시인들의 시를 감상할 수 있는 기회가 이곳에 위치하고 있으니 금상첨화다. 박두진 선생의 〈푸른 숲에서〉라는 시다. "찬란한 아침 이슬을 차며/ 나

박두진 시비

는 풀섶 길을 간다"로 시작되는 시다. 자연을 감상하고 자연과 함께 어울리는 시상이 마음에 와 닿는다. 이곳에 설치된 연표에 의하면 박두진 선생은 1916년 생으로 경기도 안성 보개면 출신이다. 1939년 〈향현〉, 〈묘지송〉으로 《문장》지에 추천·등단하였고, 1946년 조지훈·박목월과 공저로 《청록집》을 발간했다. 이외에도 시집 《해》, 《야생대》 시선집 《가을절벽》, 《오도》 수상집 《생각하는 갈대》 등 많은 작품을 발표하였다. 1998년 연희동 자택에서 별세한 선생은 연세대, 이화여대, 추계예술대학교에서 교수를 역임하였고, 아세아 자유문학상, 대한민국 예술원상 등을 수상하였다고 기록하고 있다.

■ 유치환 시비

박두진 선생의 시비를 지나고 도로를 따라 만남의 장소 방면으로 걷는 길도 숲 향기 가득한 길이다. 연인들과 친구들, 유모차를 미는 한 젊은 부부가 다정하게 함께 걷는 모습도 아름답다. 숲길 속 한 폭의 그림이다. 거기에 사랑이 있고 우정이 있고, 친구가 있다. 조용하게 산책하는 모습도 보이고 환한 웃음으로 정을 나누는 모습도 보인다. 얼마 지나지 않아 잘 정비된 정자에 사람들이 휴식을 취하는 모습도 보인다. 바로 옆으로 가물어서 말라 버린 '연흥 약수터'가 있다. 이곳 위 숲속에 청마 유치환 선생의 〈바위〉라는 시비가 살짝 감추어진 모습을 비추고 있다.

청마 유치환 선생은 1908년 경남 통영에서 출생하여 1967년 교통

사고로 별세했다. 1931년《문예월간》에〈정적〉을 발표하여 문단에 데뷔하였고, 1939년 첫 시집《청마시초》를 비롯하여 여러 권의 시집을 발간하였다. 대표작으로〈바위〉를 비롯하여〈생명의 서〉,〈깃발〉등 많은 작품이 있다. 경주중·고등학교장, 예술원회원 등을 역임하고, 대한민국 예술원상 등을 수상했다.

■ 소설가 정을병 문학비

청마 유치환 선생 시비로부터 수십 미터 거리에 하얀 대리석 조형물이 눈에 보인다. 문학비 자체가 하나의 예술품이다. 어찌 보면 아름다운 여성 같기도 한 작품, 2016년도에 건립된 정을병 소설가의 문학비다. 소설가 정을병 선생은 1934년 경남 남해군 이동면에서 출생하여 2009년 2월에 작고할 때까지 과정을 살펴본다. 1959년〈철조망과 의지〉를《자유공론》에 발표하였고 1961년 단편〈부도不渡〉를《현대문학》에 발표한 이후 많은 소설을 창작하고, 한국소설가협회 이사장 등을 역임

소설가 정을병 문학비

했다. 여기 건립된 비문에 의하면 서울 서대문구 북가좌동에서 45년간 거주하면서 70권의 작품집을 남겼다. 《한길》, 《유의촌有醫村》 등으로 당대 사회 구조적 모순과 역사 사회적 자아의 속물적 욕망을 질타하고 《아테나이의 비명碑銘》, 《까토의 자유》 등으로 인류의 보편적 과제인 자유와 평등 문제를 치밀하게 추구 했다고 기록하고 있다.

■ 윤동주 시비

정을병 소설가의 문학비를 지나고 만남의 광장으로 들어가는 삼거리, 연북중학교 후문 입구 도로, 산 쪽에 윤동주 시비가 서 있다. 서울에 시인 윤동주에 대한 흔적은 종로구의 하숙집과 문학관 등 여러 곳 있지만, 이곳에 위치한 시비는 윤동주 시인의 모교인 연희전문학교(현 연세대) 부근이라는 위치 때문이 아닌가 한다. 천재 시인 윤동주 시인은 1917년 만주 북간도 명동촌에서 태어나 1941년 연희전문을 졸업하고, 1942년 일본 도오시샤대학 영문과에서 수학 중, 하기방학 귀향길에서 항일운동의 사상범으로 체포되어 후쿠오카 형무소에서 옥사했다. 그의 시는 일제 말기 나라를 잃은 슬픔으로, 암흑의 세상을 살아가는 역사적 감각을 시로 승화시킨 작품들이 많다. 그의 대표작으로 〈하늘과 바람과 별과 시〉, 〈별 헤는 밤〉, 〈서시〉, 〈자화상〉 등 주옥같은 작품들이 사람들의 가슴을 적시고 있다.

■ 이육사 시비

만남의 광장 안쪽 바위에 이육사 선생의 시 〈청포도〉가 기록되어 있다. 이끼가 바위를 덮어 자세히 보지 않으면 글씨가 잘 보이지 않을 정도로 묵묵히 버티고 있다. 정자에 앉아 휴식을 즐기고 있는 이들의 곁에도 있고, 좌우에도 나무에 새겨진 다른 시인들의 시가 여럿 있다. 하지만 한쪽 구석을 차지하고 있는 육사의 시비가 홀로 외롭게 보인다. 이육사 선생의 삼 형제 모두 독립운동을 했다. 선생은 본명이 이원록으로, 집에서 부르는 이름은 원삼이라 한다. 경북 안동시 출신이지만 독립운동을 위해 만주로 이주한다. 1904년에 출생하여 조국의 독립을 보지 못하고, 잠시 고향에 왔다가 붙잡혀 1944년 북경의 옥중에서 순국했다. 형님 두 분과 함께 대구에서 의열단에 가입하고, 조선은행 대구지점 폭파사건 등에 연루되어 모두 17차례에 걸쳐 옥고를 치렀다. 문단 활동은 조선일보에 〈말〉을 발표한 것을 비롯하여, 각종 문단지에 30여 편의 시와 소설, 수필 평론 등 많은 작품을 발표하였다. 대표작으로 〈청포도〉, 〈광야〉 등이 있으며 생존 시에는 작품집이 발간되지 않았고, 1946년 《육사시집》 초판이 발간되었다.

■ 김춘수 시인

만남의 장소 안에는 이육사 시인의 바위로 된 시비 이외에 여러 편의 목판 시비가 서 있다. 이 가운데 만남의 장소 표지석 바로 뒤에 서 있는 김춘수 시인의 〈꽃〉이라는 시가 있다. 김춘수 시인은 1922년 경남 통영 출신이다. 일본 와세다대학 예술과를 수학하고 1942년 일본에서 일본 천황과 총독 정치를 비난하다 불경죄로 체포되어 일본 경찰서에 유치되었다가 서울로 송치되었다. 중학교 교사, 경북대, 영남대 교수와 국회의원, 한국시인협회장 등을 역임했다. 시집으로 《구름과 장미》, 《늪》, 《인연》, 《꽃의 소묘》, 《쉰한 편의 시가》 등을 발간했고, 산문집 《서서 잠자는 숲》, 장편소설 《꽃과 여우》 등 많은 작품을 남겼다.

■ 소설가 박영준 문학비

안산자락길에는 봄의 명소, 벚꽃 축제가 개최되는 연희 숲속 쉼터가

박영준 문학비

위치하고 있다. 봄이면 수십 년생 벚나무에 꽃들이 흐드러지게 피어난다. 봄에 이곳을 찾는 시민들은 꽃들의 향연으로 별천지 같은 황홀함을 만끽할 수 있다. 이런 연희 숲속을 지나고, 만우정 옆에 소설가 만우晚牛 박영준 문학비가 우뚝 서 있다. 이곳 비에 새겨진 연표에 의하면 박영준 선생은 1911년 독립운동가인 박석훈 목사의 차남으로 평남 강서에서 출생하였고, 1934년 연희전문학교(현 연세대) 문과를 졸업하였다. 조선일보 신춘문예에, 단편 〈모범경작생〉이 당선되어 등단하였고, 1935년 독서회 사건으로 5개월간 옥고를 치렀다. 1946년 경향신문 문화부장. 1954년 아세아 자유문학상 수상, 1958년 대한민국 예술원 회원, 1962년 연세대 교수, 1965년 예술원상 수상, 1975년 연세대 문과대학장, 대한민국문화예술상, 대한민국 은관문화훈장을 수상하고 1976년 별세하였다. 주요 작품으로 〈1년〉, 〈모범경작생〉, 〈아버지의 꿈〉, 〈목화씨 뿌릴 때〉 등 있고 이외에도 활발한 작품 활동을 하였다.

서울의 정취를 한 눈에 살피면서도 자연과 접목할 수 있는 안산 자락길은 아름다운 숲, 그리고 잘 조성된 산책 코스에 더하여 문학의 향기를 즐길 수 있는 사색의 길이다. 사회생활을 하면서 머리가 복잡한 현대인들이 조용히 쉴 수 있는 곳, 그런 곳이다. 더불어 나라의 독립에 대하여 다시 음미하고 생각할 수 있는 그런 곳이기도 하다. 연희 숲속 사이로 난 길을 따라서 내려오면 도심에서 느낄 수 없는 물레방아와 홍제천 물을 끌어다 올려서 쏟아 내리는 시원한 폭포수도 일품이다. 멀리 가지 않아도 마음의 위안을 얻을 수 있는 곳, 안산자락길에서 문인들의 발자취를 살펴보고 그분들의 시 한 수에도 향기를 접할 수 있는 그런 곳이 이곳 안산자락길이다.

《인간과문학》 2017년 겨울호

수유동과 우이동 문학기행

- 윤극영, 김상헌, 이흥렬, 구상, 최남선, 손병희

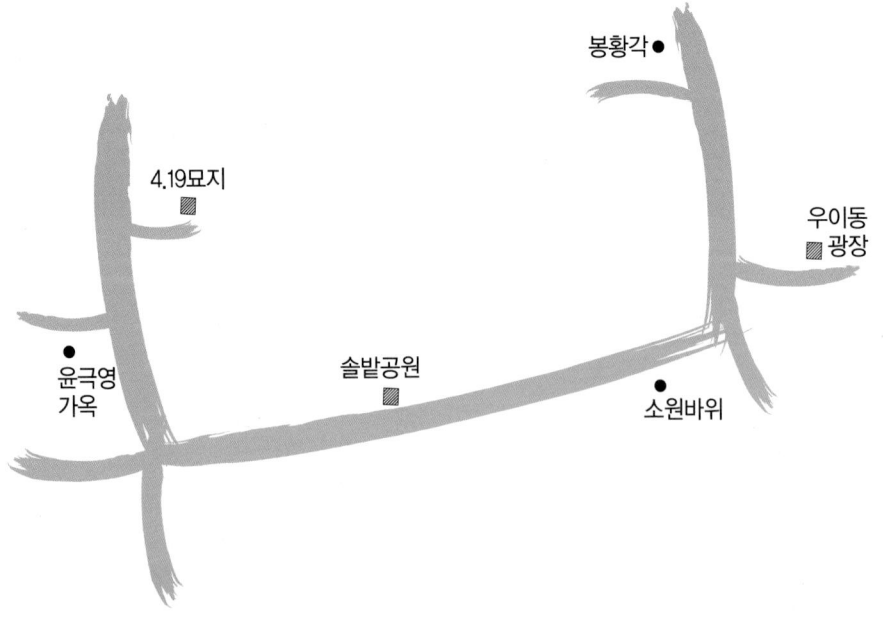

봉황각 ●

4.19묘지

우이동
광장

윤극영
가옥

솔밭공원

소원바위

3월 중순 토요일이다. 추위가 물러가는가 싶더니 미세먼지 가득하고 코로나도 1년 넘게 기승을 부리고 있다. 이런 상황 가운데서도 남쪽에서부터 불어오던 봄소식이 서울에도 드디어 진입했다. 아직 새잎이 나기 전이라 삭막한 회색의 도시이지만 따스해진 날씨와 함께 주변의 공원에는 샛노란 산수유와 매화가 꽃망울을 터뜨리며 사람들을 야외로 불러내고 있다. 오늘은 서울의 명산인 북한산 국립공원 자락에 위치한 수유동과 우이동 문학기행에 나선다. 먼저 어린이들을 위해 일생동안 수많은 동요를 작곡·작사하여 반달 할아버지로 불리는, 아동문학의 창시자인 윤극영 가옥을 방문한다.

■ 윤극영 가옥

윤극영 가옥은 수유동 566-25에 위치한 아담한 단층집이다. 평범한 여느 가정집 같은 모습이다. 월요일과 공휴일만 휴무다. 인기척이 나서 보니 관리인 안효경 선생이 나온다. 인사를 하고 안 선생의 친절한 안내를 받으며 내부를 돌아볼 기회를 가진다. 대지 62평에 건평 30평인 건물은 전시실 3곳과 다목적실, 수장고, 사무실 등으로 사용하고 있다. 전시실과 수장고에는 윤극영 연보, 선생이 직접 붓으로 쓴 〈반달〉, 〈어린이날〉, 〈따오기〉, 〈까치설날〉 등 액

아동문학가 윤극영 생가

자 수십 점이 그림과 함께 걸려 있고, 육필 원고와 각종 사진 그리고 평소 사용하던 인장과 각종 훈장, 작사와 작곡 후 연주하던 작은 풍금 등 다양한 유품이 전시되어 있다. 전시된 유품들을 바라보며 이 땅에 자라나는 아이들을 위해 평생을 헌신하며 작사·작곡하던 선생의 인품을 느낀다. 이 가옥은 동요작가 윤극영이 1977년부터 1988년 작고할 때까지 살았던 곳으로 2013년 서울시가 유족으로부터 매입하여 기념관으로 조성, 2014년 10월부터 일반에게 개방하였고 서울시의 미래유산으로 관리 운영하고 있는 곳이다.

윤극영 아동문학가는 동요 작곡 및 작사가이기도 하다. 1903년 종로구 소격동에서 태어났고 경성고등보통학교를 졸업했다. 졸업 후 집안의 권유로 경성법학전문학교에 들어갔는데 그만두고 일본 동경음악학교에 입학한다. 바이올린을 전공하던 윤극영은 동양음악학교 성악과로 전향하여 꿈을 키우던 중 1923년 소파 방정환을 만난다. 같은 해 5월 1일 동경에서 방정환, 진장섭, 손진태, 마해송, 윤극영 등이 모여 색동회를 발족한다. 같은 날 서울에서는 제1회 어린이날 행사가 열리고 어린이날이 제정되었다. 당시 우리 노래를 배울 기회가 없어 우리말과 정서가 들어 있는 노래를 만들기로 하고 새해 첫날 부를 노래, 윤극영의 첫 번째 동요 작품 "까치 까치 설날은"로 시작되는 〈설날〉을 작사·작곡, 1924년 잡지 《어린이》에 발표했다. 대표작인 〈반달〉은 1924년 9월에 작사·작곡한 노래다. 시집간 첫째 누이가 세상을 떠났다는 소식을 듣고 하얀 조각달을 바라보며 누이의 죽음과 대낮의 달과 나라 잃은 슬픔을 곡에 담았다. 어린이들에게 동요를 알리기 위해 〈반달〉, 〈할미꽃〉, 〈따오기〉, 〈고드름〉, 〈소금쟁이〉 등 10여 곡의 악보를 인쇄, 학교 선생님께 전달했는데 학교에서 우리말 노래를 부를 수 없을 때라 일본인의 눈을 피해야 했다. 노래가 구전으로 전해지며 순식간에 전국으로 퍼졌다. 1926년 간도 용정으로 간 윤극영은 동흥중학, 광명여고 등에서 음악과 작문을 가르쳤고 우리나라 최초의 창작동요집 《반달》이 출판되었다. 1948년 윤석중이 주관하는 '노래 동무회'에 참여하여 〈어린이날 노래〉, 〈봄노래〉, 〈나란히 나란히〉, 〈기찻길 옆〉 등 1백여 곡의 동요를 창작했다. 1955년 6·25 전쟁 피난에서 돌아와 창작 활동에 전념했다.

1957년 새싹회 제정 제1회 소파상을 수상했고, 1958년 수유동 산6번지에 집을 마련, 창작 활동에 전념했다. 1968년 〈반달 노래비〉가 창경원(현 창경궁)에 세워졌다. 1970년 국민훈장목련장을 수상하였고, 1971~88년까지 시 〈나팔〉 외 170편을 창작하였으며, 1973~74년 색동회 회장을 역임하고, 1979년 출판문화회관 전시실에서 자신이 작곡한 동요의 가사를 붓글씨로 쓰고, 화가들이 그림을 그린 작품 '반달전'을, 1984년 '반달회갑전'을 출판문화회관에서 개최하였다. 1988년 노환으로 별세했다. 이후 1993년 5월의 문화인물로 추대, '윤극영 자료 및 유품 전시회'를 국립중앙도서관 전시실에서 개최하였고 2003년 탄생 100주년 기념 문학인제와 2004년에는 탄생 100주년 기념 《윤극영전집》 전 2권이 현대문학에서 출간되었다.

윤극영은 한 시대를 대표하는 동요 작가였을 뿐만 아니라 아동문학가, 시인, 수필가 소설가로서 암울했던 일제시대에도 자라나는 우리나라 어린이들을 위한 끊임없는 창작열로 시대를 극복한 전천후 문학인이었다. 그의 작품으로는 〈반달〉, 〈설날〉, 〈따오기〉 등 수많은 동요 작품과 〈사랑〉, 〈도시〉, 〈꿈〉 등 시 창작, 동화로 〈고드름〉, 〈뜀뛰기〉 등 동요 작품에 이어, 중편소설《누구의 제물이냐》그리고〈새해맞이〉,〈목욕탕이 야기〉등 다수의 수필 작품을 남겼다.

■ 국립4·19민주묘지

매화가 만발한 국립4·19민주묘지로 갔다. 강북구 수유동 산 9-1에 위 치해 있어 윤극영 가옥과 가까운 거리다. 꽃다운 젊은 나이로 피어 보지 도 못한 학생들이 1960년 3·15 부정선거에 대항하다 산화하여 민주 영 웅으로 모신 묘역이다. 총 면적은 96,837㎡로 3개 구간으로 되어 있다. 먼저 묘역을 비롯한 성역구간, 다음은 광장, 연못 등 이용구간, 그 다음 으로 상징 조형물 등 산림공간으로 구성되어 있다. 현재 묘역에는 459 기가 안장되어 있으며, 대상은 4·19 당시 사망자와 부상자 등으로 되어 있다. 주요 시설물은 4·19 혁명 기념관, 기념탑, 상징문, 수호예찬의 비, 참배단 등이 있다.

이 가운데 자유 투사 수호예찬의 비碑는 18.3×1.5×3m 규격의 화강 석에 시詩가 새겨진 비碑다. 좌·우 2개소에 각각 3개씩 설치되어 있으며 각 비마다 시가 2편씩 새겨져 있다. 모두 12명의 시인의 작품이 탐방객 의 발걸음을 멈추게 한다. 좌측에는 구상 시인의 〈진혼곡〉, 박목월 시인 의 〈죽어서 영원히 사는 분들을 위하여〉, 정한모 시인의 〈빈 의자〉, 이성 부 시인의 〈손님〉, 유안진 시인의 〈꽃으로 다시 살아〉, 이한직 시인의 〈진혼의 노래〉가 있고, 우측으로는 조지훈의 〈진혼가〉, 윤후명 시인의 〈역사를 증언하는 자들이여 4·19의 힘을 보라〉, 김윤식 시인의 〈합장〉,

장만영 시인의 〈弔歌〉, 송욱 시인의 〈소리치는 태양〉, 박화목 시인의 〈4월〉 등이다.

■ 솔밭공원

솔밭공원

우이동 솔밭공원은 우이동 80번지로 우이동 경전철 솔밭공원역과 4·19민주묘지역 중간 지점에 위치해 있다. 자생하는 늘 푸른 소나무 군락들이 이곳을 찾는 이들에게 청정한 기운을 아낌없이 베풀고 있는 곳이다. 수십 년생 소나무 971그루가 장관을 이룬다. 전체 면적이 단일 소나무 숲으로 조성된 곳으로 서울 시내 어디에도 이렇게 큰 규모의 소나무로 조성된 공원은 없는 것 같다. 공원에는 산책코스 등 운동시설, 실개울 생태연못을 비롯하여 각종 조형물과 야외무대, 놀이마당 등 다양한 휴식 시설이 갖추어져 있어 인근 주민들의 휴식은 물론 인근 북한산 둘레길을 이용하는 사람들의 사랑을 받고 있는 곳이다. 이곳에 김상헌, 이흥렬, 윤극영 시비와 유명 시인들의 목제 입식 시비가 위치해 있다. 소나무에서 나오는 피톤치드 향을 맡으면서 시를 감상하고 산책을 하다 보면 아름드리 소나무 숲과 하나가 되는 느낌이다.

김상헌 시비

백운대와 인수봉, 만경봉이 한눈에 보이는 삼각산은 북한산의 옛 이

름이다. 솔밭공원은 삼각산을 올려다볼 수 있는 곳이다. 김상헌은 병자
호란 후 청나라로 압송 당하게 되었다. 조국을 떠나 낯선 청나라로 끌려
가게 된 심정이 오죽했을까. 당시 회포를 담아 지은 〈가노라 삼각산아〉
시비가 여기 솔밭공원에 있다. 바위에 새겨진 시 "가노라 삼각산아 다시
보자 한강수야 고국산천을 떠나고자 하랴마는 시절이 하 수상하니 올동
말동하여라"라는 시다. 김상헌은 본관은 안동이며 호는 청음으로 이조
참의, 도승지, 부제학, 대사헌과 육조의 판서를 지냈다. 1653년 영의정
에 추증되었다.

이흥렬 〈바위고개〉 노래비

한국인들이 즐겨 부르는 100대 가곡 중의 하나인 〈바위고개〉 노래비
가 이곳 솔밭공원에 있다. 하얀 바윗돌에 새겨진 가사는 보는 순간 너무
나 익숙해서 음악이 없어도 마음 뭉클하게 다가오는 느낌이다. 이흥렬
은 서라벌예대 교수, 고려대, 숙명여대 음대교수, 대학장으로 근무하며,
예술원 회원과, 한국 작곡가협회 회장, 한국음악협회 고문 등의 직을 지
냈다. 그는 예술가곡, 국민가요, 동요 등 400여 곡의 작품을 남겼는데
특히 〈봄이 오면〉, 〈자장가〉, 〈바위고개〉 등이 널리 알려져 있다. 1934
년 《이흥렬 작곡집》, 1958년 《음악의 종합연구》, 1962년 《새로운 음악
통론》, 1965년 제2가곡집 《너를 위하여》, 1971년 제3가곡집 《가서 나
살고 싶은 곳》, 1976년 《음악감상론》을 출간했다. 대통령 문화훈장, 예
술원상 등을 수상했고, 1980년 작고했다.

윤극영 〈반달〉 노래비

솔밭공원 가운데 윤극영 노래비가 서 있다. 윤극영 작사·작곡가의 친필 글씨로 새겨진 노랫말과 어린이의 그림까지 함께 새겨진 비碑라서 더 정겹게 다가온다. 노래 〈반달〉은 1924년에 발표된 노래로 당시 어린이들을 위한 우리나라 창작동요의 효시로 알려진 노래다.

■ 소원素園바위

우이동 성원 상떼빌아파트와 두원리치벨리아파트 옆 도로변에 '소원素園'이란 바위가 있다. 이곳은 1908년 11월 1일 우리나라 신체시의 효시인 〈해에게서 소년에게〉를 발표한 잡지이자 우리나라 최초의 잡지 《소년》을 창간한 최남선의 집터이다. 지금은 모두 사라지고 바위와 현대식 건물만 있는 이곳에서 당시 풍경을 상상해 본다. 한국의 명산인 북한산과 도봉산을 사이에 둔 우이동은 자연이 그대로 보존된 숲과 계곡의 맑은 물과 바위들이 함께 어우러진 그림 같은 풍경이었을 동네였을 것이다. 그러던 곳이 시간의 흐름에 따라 아름다운 기와집과 머물던 인물은 지워지고 대로변 옆 바위만 옛날 그 흔적을 말없이 알려주고 있다.

시인이자 사학자인 육당 최남선은 1890년 서울에서 태어났다. 당시는 1894년 갑오개혁을 전후하여 우리나라 역사에서 가장 역동적인 시기였다. 오랜 잠을 자다가 열강의 틈바구니에서 깨어난 조선이었다. 자의반 타의반으로 근대성을 획득하여 나가던 시기였는데 전통적인 가치관은 물밀 듯 들어오는 이질적인 다른 문물에 대한 적개심과 함께 자신들의 설 자리를 찾아가는 민족의식이 발현되는 중요한 시기였다.

　최남선은 1908년 잡지《소년》을 출판하며, 우리나라 최초의 신체시
〈해에게서 소년에게〉를 발표한다. 1910년 '조선 광문회'를 창설, 많은
고전을 간행하고 우리나라 최초의 국어사전을 편찬한다. 1914년 잡지
《청춘》을 발행, 1919년 3·1 운동 때에는 〈독립선언서〉를 기초하였는데
이로 인해 일제에 체포된 후 2년 8월간 복역하다가 1921년 출옥한다.
1926년《불함문화론》,《단군론》과 근대 최초의 창작 시조집《백팔번뇌》
를 간행하고,《백두산 근참기》를 발표한다. 광복 후 우이동에 은거하며
1945년《국민조선역사》,《조선독립운동사》를 발간한다. 1946년《조선
상식문답》을 발간하고 1949년 친일 반민족 행위자로 체포, 수감되었다
가 출감한다. 1957년 10월에 68세로 작고한다. 그는 우리나라 최초의
잡지인《소년》을 창간하면서 창간 취지에 "우리 대한으로 하여금 소년
의 나라로 하라. 그리하랴 하면 능히 이 책임을 감당하도록 그를 교도하
라"라는 말을 한다. 개화기 인문학의 선구자이며 신문화 운동의 개척자
였다.

■ 독립운동가 손병희와 봉황각

　우이동에는 독립운동가와 교육자인 손병희 선생의 묘소와 봉황각이
있다. 1861년 청주에서 태어난 그는 1882년 동학에 입문하고 2세 교주
인 최시형 밑에서 종교적 수양과 역량을 닦았다. 동학을 천도교로 개명
하고 교주가 되었다. 또한 민족교육 사업을 위해 1910년 보성, 동덕여

학교 등을 인수하고 문창, 보창 등의 학교를 설립하여 민족의 동량을 육성하였다. 1919년 3월 1일 민족대표 33인으로 독립운동을 주도한 선생은 일본 경찰에 체포되어 징역 3년형을 선고받고 2년을 복역하던 중 뇌출혈로 생을 마감했다.

봉황각은 강북구 우이동 254번지에 위치한 천도교 의창 수도원 내의 건물로 천도교 제3대 교주인 의암 손병희 교주가 세운 한옥 건물이다. 손병희 선생은 1910년 일제에 의해 망한 조국의 국권을 회복시키고자 이곳에서 많은 교역자에게 보국안민의 역사의식을 갖게 하고 1919년 3·1 운동의 지도자로서 중요한 역할을 수행하게 했다.

선인들의 발자취를 따라 걷는 문학 기행, 그 길에 우리 역사의 숨결이 느껴진다. 수천 년을 이어온 나라지만 단 하루도 편하지 못하고 어렵고 힘든 삶을 살아온 우리의 역사다. 임진왜란의 7년 전쟁과 병자·정묘호란의 험난하고 참혹한 격동기를 겪은 김상헌, 그리고 270여 년 후 겨우 지탱하던 나라가 망하고, 암울한 일제강점기에도 민족의 독립을 이루고자 노래로, 문학으로, 교육 사업으로 헌신한 윤극영, 이흥렬, 손병희, 최남선 등 선각자들이 이 땅의 민초들에게 남긴 발자취를 따라 걸어 보았다. 선각자들의 열정과 고뇌에 찬 흔적들이 오늘을 살아가는 우리에게 가야 할 방향을 무언으로 제시하는 듯하다.

《인간과문학》 2021년 여름호

서울 둘레길의 사랑: 우이역에서 방학동 도봉산역 구간

- 김수영, 연산군, 김수증, 이병주, 송시열, 정한모, 유희경과 이매창

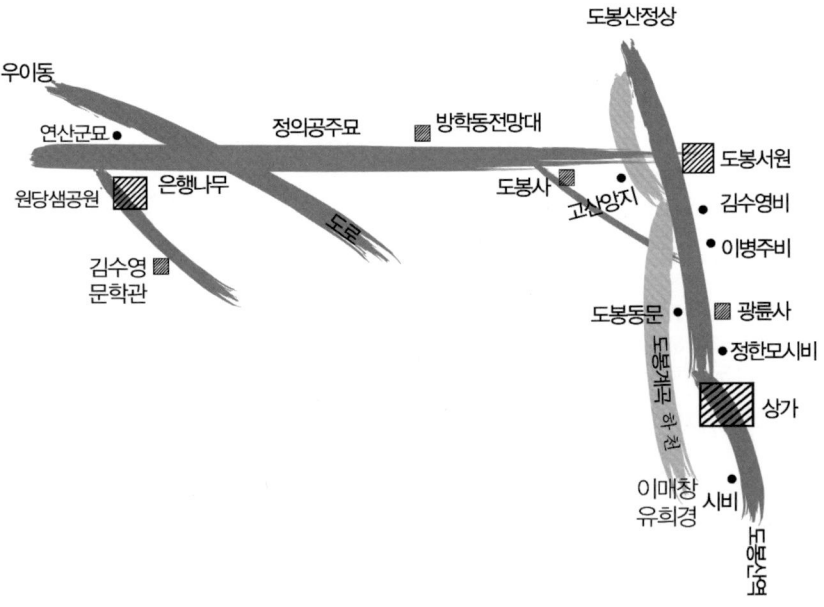

논어에 "인자요산仁者樂山 지자요수知者樂水"라 했다. 말 그대로 풀이하면 어진 사람은 산을 좋아하고 지혜로운 사람은 물을 좋아한다는 의미인 듯하다. 산은 언제나 그 자리에서 말없이 지키고 있어 목전의 이익이나 실리를 따지지도 않는다. 만물을 생성하는 섭리가 산에 있는 것이다. 산은 모든 것을 받아주는 어머니 같은 존재다. 그리고 지혜로운 사람은 흐르는 물과 같이 모든 이치에 통달하여 막힘이 없으므로 물을 좋아한다는 나름대로의 해석을 해 본다. 서울은 산이 많은 곳이다. 서울을 둘러싸고 있는 동서남북에 산이 많기도 하지만 단연 으뜸은 북한산과 도봉산이다. 이 북한산과 도봉산 지락에 이어진 맥이 북악산을 이루고 그 아래에 조선 5백년의 도읍을 정한 곳이 경복궁이다. 산은 이어서 달리다가 어느 곳에 이르면 넓은 들판을 펼치고 그 속에 많은 생명들을 품어 가꾼다. 우리 선조들은 수천 년 세월 동안 이런 산이 주는 넉넉한 곳에 터전을 이루면서 자리를 잡고 살아왔다.

문인들도 자연을 벗하면서 서울의 명산인 북한산과 도봉산을 터전으로 삼아 문학 활동을 전개한 사람들이 많았다. 오늘은 산과 자연을 사랑하며 그 속에서 문학을 꽃피웠던 문인들의 발자취를 돌아보고자 한다.

배낭을 메고 북한산 및 서울 둘레길 탐방에 나선다. 우이동에서 방학동 왕실묘역길에 들어서면 원당샘공원과 연산군 묘소, 그리고 은행나무가 나온다. 공원에는 아담한 정자와 샘에서 흘러나오는 물을 저수하는 연못이 위치해 있고 시민들이 휴식할 수 있는 공간과 자연경관이 조화롭게 잘 조성되어 있다. 이곳 200여 미터 거리에는 김수영문학관이 위치해 있어 사색하면서 연산군 묘소도 돌아보고 김수영문학관도 찾아보는 기회를 가질 수 있다.

■ 김수영문학관

원당샘공원 정자를 지나고 경로당을 지나서 도로를 따라가다 보면 5층 정도의 건물 두 개가 나란히 서 있다. 마지막 건물에 김수영문학관이란 간판이 시야에 들어온다. 도봉구 해등로32길 80(방학동 신동아 2단지와 3단지 사이)에 위치하고 있는 김수영문학관은 2013년 11월에 개관하였고, 현재 1층과 2층은 전시관으로 사용하고 있다. 먼저 1층에 들어선다. 사무실에서 《김수영전집 1: 시》(2015년, 민음사)를 우선 구입하고 전시관을 둘러본다. 안쪽 벽면 중앙에 김수영 시인의 흉상이 위치해 있고 우측 벽면에 시인의 대표작인 시 〈풀〉이 게시되어 있다. 그리고 그가 산문에서 쓴 시에 대한 내용이 발췌되어 있다. 김수영문학관은 보여주는 전시에 그치지 않고 벽면의 글자를 조합하여 관람객이 직접 시를 창작해 볼 수 있는 창작공간도 마련하고 있다.

벽면에는 그의 산문에서 발췌한 시작詩作에 대한 집념을 다음과 같이 인용하고 있다. "시는 온몸으로, 바로 온몸을 밀고 나가는 것이다. 그것은 그림자를 의식하지 않는다. 그림자에조차도 의지하지 않는다. 시는 문화를 염두에 두지 않고, 인류를 염두에 두지 않는다. 그러면서도 그것은 문화와 인류에 공헌하고 평화에 공헌한다." 김수영 시인 자신이 시詩 창작創作을 함에 있어 어떤 생각과 자세로 임했는지 또는 임해야 하는지를 나타내고 있다.

2층 제2전시실에는 육필원고와 발간 책자, 책상, 의자 등 시인이 평소 집필에 사용하던 물건과 시인이 턱을 괴면서 생각하고 있는 사진, 시인의 대표적인 시가 전시되어 있다. 초기에는 모더니스트의 일반적인 경향인 현대 문명과 도시 생활을 비판하는 시를 썼으나 이후 점차 지적 방향과 번민을 풍자적이며 지적인 언어로 시화 하였다. 그는 현실의 억압과 좌절을 딛고 일어서고자 한 1960년대 대표적인 시인이었다. 1968년 6월 15일 귀갓길 버스에서 교통사고로 안타까운 나이에 별세하였다. 이후 2001년 금관문화훈장이 추서되었다. 시인은 갔어도 그의 시는 영원히 우리 곁에 남아서 가슴을 적시고 있다.

김수영문학관

■ 연산군 묘 일원

김수영 시인의 문학관을 뒤로하고, 북한산 둘레길로 향한다. 방학동 원당샘공원 주변에 위치한 연산군 묘소와 800년 은행나무가 여행객을 멈추게 한다. 사적 362호로 지정된 연산군 묘는 원당샘 바로 위 구릉지에 위치한다. 연산군(1476~1506)은 조선 9대 왕인 성종과 폐비 윤씨 사이에서 태어나 19세에 조선 제10대 왕이 된다. 한 나라의 왕으로서 영광과 권세를 누렸으나 중종반정 후 한양에서 멀리 떨어진 서해의 교동도에 위리안치되었다가 폐위된 지 두 달 만에 병으로 쓸쓸하게 생을 마감하였다. 연산군은 왕으로 있던 시절 무오사화와 갑자사화를 일으켜 수많은 사람들이 그의 말 한 마디에 온 집안이 멸문되고 풍비박산이 되었다. 반정으로 물러난 그도 인생의 마지막은 권력의 무상함과 아울러 삶에 대한 회한 그 자체가 아니었을까? 문화재청의 자료에 의하면 연산군은 실록에 130여 편의 시가 실려 있을 정도로 시를 잘 짓고 글씨도 잘 쓴 임금으로 알려져 있다. 즉위 초에는 "금제절목"을 만들어 사치를 금하고 관료의 기강을 확립하기 위하여 암행어사를 파견하는가 하면, 여진족이 침입하는 변방 지역의 안정을 도모했고, 물가 안정을 위해 상평창을 설치하는 등 민생안정에도 힘을 기울였다고 한다. 그러나 폐비 윤씨의 사건을 알게 된 후 무오·갑자사화를 일으키고 사치와 향락을 일삼다가 중종반정으로 폐위되어 교동도에서 31세의 일기로 병사한다. 현묘소는 연산군의 부인인 신씨의 요청에 의해 1513년 다시 안장된 것이다. 왕으로 재위 시 일으킨 사화로 많은 인명을 앗아간 연산군도 부모로서 정이 있고 눈물이 있었다. 자신이 왕으로 있던 시절, 자식이던 어린 왕자들이 요절하자 그 아픔을 시로 남겼다. 여기에 자식들을 떠나보내야 했던 연산군의 마음을 읊은 시 한 수를 소개해 본다.

宗社幽靈不念誠종사유령불념성　종묘사직 영혼이 나의 지성을 생각지 않아

如何忍頑我傷情여하인완아상정　어찌 이다지도 내 마음 상하는지

連年四子離如夢연년사자리여몽　해마다 네 아들이 꿈같이 떠나가니

哀淚千行便濯纓애루천행편탁령　슬픈 눈물 줄줄 흘러 갓끈 적시네

- 《연산군일기》 중에서

■ 정의공주 묘

둘레길을 따라 나오면 도로변(연산군 묘소에서 약 200~300여 미터 지점)에 안맹담과 정의공주의 묘가 나온다. 세종의 따님인 정의공주는 한글 창제에 공이 많았다고 한다. 안맹담 역시 초서를 잘 써서 서예가로 이름이 높았고 신도비는 정인지가 비문을 지었다. 정의공주 묘를 뒤로 하고 둘레길은 방학동 산길로 들어선다. 낙엽이 진 나무들이 추위에 떨고 있는데 까치와 까마귀가 무슨 사연인지 몰라도 요란스럽게 짖어대고 있다. 밋밋한 길보다는 완만한 경사의 오르내림이 조금은 있어야 산행하는 맛도 느끼게 된다. 높지도 않은 산책 코스로 적당한 길이 이어지는데 언덕을 지나면 계곡의 약수가 지나가는 객들에게 생명수 한 잔을 선사한다.

■ 방학동 둘레길 전망대

한참 동안 숲과 나무 사이를 걷다 보면 시가 있는 방학동 전망대가 나온다. 전망대에서 잠시 몸을 풀고 전망을 보는데 주변 풍경이 한눈에 들어온다. 도봉산과 주변의 산은 물로 서울의 북부를 조망할 수 있는 곳이다. 여기에도 아름다운 시가 있다. 당나라 시인 이백의 시다.

問余何事棲碧山문여하사서벽산 묻노니 그대는 왜 푸른 산에 사는가

笑而不答心自閒소이부답심자한 웃을 뿐, 답은 않고 마음이 한가롭네

桃花流水杳然去도화유수묘연거 복사꽃 띄워 물은 아득히 흘러가니

別有天地非人間별유천지비인간 별천지가 따로 있어 인간 세상 아니네.

- 이백의 시 〈산중답속인山中答俗人〉

　　방학동 길이 끝나면 도봉옛길의 무수골이 이어진다. 무수골은 마치 시골의 산촌 풍경을 그대로 옮겨 놓은 듯하다. 도봉산은 골골마다 생명수를 품고 있다가 조금씩 조금씩 나누어 흘려 내려준다. 뭇 생명들이 그 속에서 둥지를 틀고 자신들의 삶을 꽃피우고 있다. 무수골을 지나 언덕을 넘고 보면 도봉사가 나온다. 여기서 좌측 생태길을 따라가다 보면 도봉산 계곡과 금강암이 나오는 곳에서 우측으로 난 다리를 건넌다.

■ 도봉산 자운봉 우이암 가는 길

　　도봉산은 예나 지금이나 그대로 있는데 계절마다 시간마다 그 모습을 달리한다. 선인봉과 자운봉 등의 웅장한 바위를 비롯하여 골짜기마다 사찰들이 자리하고 있고, 철철마다 새로운 모습은 언제 보아도 좋은 명산이다. 그래서 많은 사람들이 찾아와 심신을 단련하며, 시를 읊고 자연을 노래하는 것이다. 다리를 건너면 도봉서원이 있던 자리다. 수백 년 동안 서울 근교 유림들이 이 계곡에 위치한 도봉서원에서 학문을 논하고 인격을 닦는 데 온갖 노력을 아끼지 않았을 일이다. 지금은 이 길을 통해 하루에도 수천 명씩 도봉산을 오르내린다. 도봉산역에서 계곡을 따라 올라오는 곳이기도 하다. 천축사를 통하여 마당바위, 자운봉으로도 오

르고, 금강암, 문사동 계곡을 통하여 우이암 방면이나 도봉산 주능선으로 도봉산을 한 바퀴 돌아보는 코스로 가는 길이 이곳이다. 특히 한여름 비가 오면 폭포가 장관인 곳이 문사동 계곡인데, 누가 썼는지는 모르지만 문사동이란 글씨가 암각되어 있어 옛 선비들의 풍류를 느끼게 한다. 우리 선인들은 이런 곳에서 자연을 노래하고, 바위에도 글을 새기며 심신을 단련하고 국가와 사회를 논하며 학문을 닦았다. 지금은 사람도 가고 그들이 남겨 놓은 일부 흔적만 있다. 여기서 지금은 터만 남은 도봉서원을 찾아본다.

■ 도봉서원

　도봉산의 주봉인 선인봉, 만장봉, 자운봉이 내려다보고 있는 곳에 도봉서원이 있던 터가 남아 있다. 자료에 의하면 도봉서원은 고려시대부터 있던 영국사 옛터에 위치한 곳으로, 양주목사 남언경이 1573년(선조 6년)에 지방 유림들의 공의로 정암 조광조 선생의 학문과 덕행을 추모하고 후학을 양성하기 위하여 창건, 위패를 모셨다고 한다. 창건과 동시에 도봉이란 사액을 받았으며, 송시열, 권상하, 이재 등이 이곳에서 유학을 강론하였고, 1775년(영조 5년)에 다시 어필 사액을 받아 선현 배향과 지방 교육을 담당하였다. 창건 이후 300년간 양주, 파주, 포천, 서울 지역 선비들의 발걸음이 끊이지 않았다고 하는데, 1871년 흥선대원군의 서원철폐령에 의해 철폐되었다. 1971년 서원이 복원되었다고 기록되어 있지만, 현재 남아 있는 건물은 없고 빈터 안쪽에 작은 비석 하나만 터를 지키고 있다.

■ 김수증의 고산앙지高山仰止

　서원 터 밖 맞은 편 계곡에 김수증의 '고산앙지高山仰止'라는 글씨가
바위에 암각되어 있다. 이곳 안내도에 의하면 조선 숙종 26년 7월에 곡
운 김수증 선생이 쓴 글씨라고 한다. '고산앙지'란《시경》에 나오는 말로
"높은 산처럼 우러러 사모한다"는 뜻이다. 당시 도봉서원이 정암 조광조
선생을 모신 서원으로, 그를 우러러 사모한다는 뜻으로 새긴 것으로 보
인다. 바위에 새긴 글씨도 세월의 흐름에 따라 기울어지고 일부는 물속
에 잠겨 있다. 당시 선비들이 이곳 도봉산과 물이 흐르는 아름다운 계곡
을 얼마나 좋아하고 또 마음에 담았는지 짐작하고도 남는다.

김수영 시비

■ 김수영 시비詩碑

　도봉산 입구 도봉서원 터 아
래에는 자유 시인인 김수영 시
비가 서원 담장을 경계로 서
있다. 도봉산을 오르는 등산로
입구에서도 볼 수 있는 위치
에 있어 사람들의 시선을 주

목하게 한다. 시비의 앞면에 그의 시 〈풀〉의 일부와 얼굴이 조각되어 있고 뒷면에는 1969년 6월 15일 현대문학사 주관으로 김수영시비건립위원회가 건립하며 남긴 글귀가 새겨져 있다. "고인의 이름이 작품과 함께 우리 민족의 가슴에 영원하기를 빈다." 방학동에 위치하고 있는 김수영 문학관과 이곳의 시비는 그가 도봉산이 배출한 위대한 시인임을 말없이 증명하고 있다.

■ 이병주 문학비|文學碑

소설가이자 수필가이기도 한 이병주 선생의 문학비도 도봉산에 있다. 도봉서원 터 경계에서 남쪽으로 10여 미터 거리 숲속에 위치하고 있어 녹음이 우거진 한여름에는 찾기가 어려워 보인다. 시인 김수영 시비와 약 30여 미터 간격을 두고 안쪽에 위치해 있다. 이병주 소설가는 〈도봉정화〉라는 수필에서 도봉산과 관련된 친구와의 슬픈 일화를 쓰고 있다. 도봉산에 그의 문학비가 위치하고 있는 이유다. 소설가 이병주 선생의 시 〈북한산 찬가〉를 여기에 옮겨 소개한다.

> 나는 北漢山과의 만남을 계기로 /人生 이전과 人生 이후로 나눈다/ 내가 겪은 모든 屈辱은/ 내 스스로 사서 당한 굴욕이란 것을 알았다/나의 挫折 나의 失敗는/ 오로지 그 근원이 나 자신에게 있다는 것을 알았다/ 親舊의 背信은 내가 먼저 배신하였기 때문의 결과이고/ 愛人의 變心은 내가 그렇게 만들었기 때문에의 결과라는 것을/ 안 것도 北漢山上에서이다
>
> - 〈산을 생각한다〉에서

■ 정한모 시비詩碑

　이병주 소설가의 문학비를 뒤로 하고 도봉산역 방면으로 내려오다 쌍 줄기 약수터를 지나 다시 광륜사 아래 숲속에 이르면, 시인 정한모 선생 의 시비가 나온다. 시인 정한모鄭漢模 선생은 1923년 부여에서 출생하여 서울대학교 문리대 국어국문학과를 졸업하고 서울대 대학원에서 문학 박사 학위를 받았다. 휘문고교 교사를 거쳐 동덕여대 교수, 서울대 교수 로 1988년까지 재직하였다. 한국방송통신대학 학장, 문공부 장관을 역 임하였고, 한국시인협회장, 문예진흥원장 등을 역임하였다. 1945년《백 맥白脈》에서 시를 발표하면서 문단에 나왔고 '시탑詩塔', '주막酒幕' 동인 으로 활동하다가 1955년 한국일보 신춘문예에 시 〈멸입〉이 당선되면서 본격적인 활동을 하였다. 1958년 시집《카오스의 사족》, 1959년 시집 《여백을 위한 서정》을 발간하였고,《아가의 방》,《새벽》,《나비의 여행》, 《원점에 서서》 등 다수의 연구서가 있다. 상훈으로 1971년 한국시인협 회상, 1987년 대한민국예술원상을 수상하였다. 현재 광륜사 아래 공원 에 위치한 시비는 한국방송통신대학교 총동문회에서 1992년에 세운 것 이다.

■ 송시열의 도봉동문道峯洞門

　북한산국립공원 도봉산지구의 입석 표지석 옆으로 큰 바위에 새겨진 글씨가 있다. 바로 조선 현종과 숙종 때 대노大老의 존칭을 받은 우암 송시열宋時烈 선생이 친필로 새겨 놓은 글씨다. 안내판에 의하면 학문을 연구하는 중심이었던 도봉서원의 전당에 들어섬을 알려주는 표지석이라 한다.

■ 유희경과 이매창의 시비詩碑

도봉산역으로 내려오는 길 상가를 지나고 삼거리가 합쳐지는 곳에 데크와 쉼터가 나온다. 자운봉 모형도와 데크 아래 개천 부근에 유희경과 이매창의 시비가 있다. 시의 내용은 이러하다.

유희경 · 이매창 시비

이화우梨花雨 흩뿌릴 제 울며 잡고 이별한 님

추풍낙엽秋風落葉에 저도 날 생각는가

천리에 외로운 꿈만 오락가락 하노매

                    - 이매창의 시 〈이화우 흩뿌릴 제〉

娘家在浪主낭가재낭주 그대의 집은 부안에 있고

我家住京口아가주경구 나의 집은 서울에 있어

相思不相見상사불상견 그리움 사무쳐도 서로 못 보고

腸斷梧桐雨장단오동우 오동에 비 뿌릴 제 애가 끊겨라

                    - 유희경의 시 〈매창을 생각하며 懷癸娘〉

　　이곳 안내문에 따르면 이 시비는 17세기 초 도봉의 산수를 사랑해서 도봉서원 인근에 임장을 지어 기거하다 여생을 마친 당대의 문장가, 촌은 유희경과 부안 태생의 이매창이 주고받은 사랑 노래를 새긴 것이라 한다. 유희경은 남언경에게서 문공가례를 배워 국상에 자문할 정도로 예에 밝았다. 도봉서원 창건의 전반적인 책임을 맡았으며, 임진왜란 당시 의병을 일으킨 공로 등으로 품계가 종2품 가의대부에 오르고 《촌은집》을 남겼다. 이매창은 전북 부안 출신 기생으로 황진이, 허난설헌과 함께 조선 3대 여류시인의 한 사람으로 손꼽힌다. 이름은 향금, 호는 매창 혹은 계량으로 썼다. 시와 거문고에 사랑으로 〈이화우 흩뿌릴 제〉라는 명시를 남겼다. 후에 사람들이 《매창집》을 묶었다. 변산의 개암사에 그 목판이 전한다.

서울에서 배낭 하나 메고서 문학인들의 발자취를 찾아 나서는 길, 그 길은 북한산 둘레길에 있었고, 서울의 명산인 도봉산에서 인연을 맺은 문인들을 찾아보았다. 사람들은 가고 없어도 도봉산을 오르내리면서 사색하며, 자연 속에서 문학에 대한 열정을 꽃피우고, 인생과 사랑을 탐구한 문인들이 여기에 있었다. 도봉산은 이들의 노고에 대한 보답을 넉넉한 가슴으로 품어 안아 오늘도 우리들 가슴에 그 향기를 전하고 있다.

《인간과문학》 2017년 봄호

예술촌 성북동 이야기
- 방우산장과 조지훈, 법정, 한용운, 김광섭, 이태준, 김일엽

등잔 밑이 어둡다고 했던가. 서울에 살고 있으면서도 찾아가지 못한 서울의 얼굴이 수없이 많음을 느낀다. 가까이 있으니 언젠가는 갈 수 있겠지 하는 생각에 차일피일 미루다 보면 결국에는 못하고 마는 게 일상이 되는 경우가 많다. 수도 서울의 수백 년 역사를 간직하고 있는 한양 도성을 따라 몇 차례 일주하면서도 막상 역사와 문화가 살아 숨 쉬는 성북동의 자세한 위치가 어디인지도 몰랐는데 오늘에야 새로운 곳을 답사해 보는 즐거움을 누릴 기회를 만들어 본다. 성북동하면 옛날부터 주거지로서 경관이 수려하고 삶이 여유로운 땅으로 알려진 곳이다. 알고 보니 성북동은 1930년대 초에 이미 김일엽, 이태준, 김기진 등이 이주, 문인촌을 형성하고 있었던 곳이다.

　지하철 4호선 한성대역 6번 출구를 나와서 성북동을 바라보니 먼저 눈에 보이는 것은 북한산 보현봉의 우뚝 솟은 산세가 뒤에서 엄호하고 있는 듯 예사롭지 아니한 지역임을 느낀다. 첫 인상은 마치 어떤 축제를 개최하고 있는 분위기를 연상하게 했다. 많은 사람들이 지하철역을 중심으로 드나들고 있고, 길 양측으로 수많은 나라의 국기들이 하늘로 힘차게 날아오르기 위해 날개를 펄럭이고 있다. 축제에 먹을 것이 빠질 수 없듯 수박과 과일 등이 저마다의 모습으로 사람들을 유혹하고 있어 활기 넘치는 축제 현장이 여기에 펼쳐지는 것 같은 풍경이다. 이곳은 조선 태조가 개국하고 도읍을 정한 지 600여 년의 역사를 이어온 한양 도성의 북쪽에 위치한 곳이다. 성북동은 숙정문과 동소문(혜화문) 사이 북악산의 지맥이 흐르는 양지 바른 곳에 위치한 동네이자 현재는 대한민국과 외교 관계를 맺고 있는 각국의 대사관저들이 많이 위치하고 있는, 서울에서도 고급 주택지로써 명성과 조건을 갖추고 있는 곳이라는데 직접

와서 보니 알겠다. 오늘은 조선이 일제에 의해 국권을 침탈당하고 나라를 잃었던 암울한 시절, 민족의 설움을 몸소 겪으면서도 이곳에서 둥지를 틀고, 독립정신 고취와 우리 민족의 아픔을 문학으로 승화하여 한국 현대문학의 토대를 이룩한 문인들의 발자취를 더듬어 보고자 한다.

■ 조지훈 집터와 기념 건축물 방우산장

한성대입구역 6번 출구에서 선잠단지 방면으로 걷다 보면 먼저 도로변 간이 공원처럼 조성된 곳에 방우산장이라 이름 붙여진 기념 건축물이 나온다. 방우산장은 조지훈 선생 자신이 기거했던 모든 집을 부르는 이름이자 청록파 시인들과 교우하던 장소다. 집터 가기 전 사람의 이용이 용이한 보도에 기념 건축물인 시인의 방(방우산장)이 조성되어 있는데, 풀밭에 의자가 놓여 있는 조형물로 주민들의 쉼터로 이용되고 있다. 방우산장이란 "마음속으로 소를 한 마리 키우면 직접 소를 키우지 않아

방우산장

도 소를 키우는 것과 같다"는 뜻으로 지은 이름이다. 산장 벽면에 조지훈 선생의 "꽃이 지기로서니 바람을 탓하랴"로 시작되는 조지훈 선생의 시 〈낙화〉가 선생의 시정詩情을 대신하고 있다.

이어서 조지훈 시인 집터를 답사해 본다. 현장을 찾으니 그 누구

도 흘러가는 시간을 멈추게 할 수 없음을 실감한다. 아쉽게도 사람도 가고, 머물던 집도 사라지고 없다. 시인 조지훈이 살았다는 곳을 찾아보았으나 집은 1998년에 이미 헐리어 찾을 수 없고 신축된 빌라(성북로16길 11) 앞에 작은 규모의 표지석만 위치하고 있다. 이곳이 청록파 시인으로 명성이 높았던 조지훈 선생의 집터였음을 말해주고 있다. 표지석에는 선생의 시 〈승무〉와 날렵하고 가녀린 여인이 춤을 추는 모습이 새겨져 있어 찾는 이의 발걸음을 멈추게 하고 있다.

조지훈 선생(1920~1968)의 본명은 조동탁으로, 경북 영양에서 출생하여 이곳 성북동 60번지 44호에서 약 30년간 거주하면서 1939년 〈승무〉, 〈고풍의상〉 등을 《문장》지에 발표하면서 등단하였고, 박두진·박목월과 함께 1946년 《청록집》을 발간, 청록파로 불리게 되었다.

■ 선잠단과 선잠박물관

조지훈 선생의 집터를 뒤로 하고 근처에 있는 선잠단지先蠶壇址를 잠시 들른다. 선잠단지는 사적 83호로 지정된 곳이다. 조선 성종 4년(1473년)에 조성했다는 곳인데 누에 농사의 풍년을 기원했던 곳이라 한다. 옛날 임금은 친경이라 해서 농사의 시범을, 왕비는 친잠이라 해서 누에를 치는 시범을 보여 의식衣食의 중요성을 강조했다. 선잠단을 지나면 성북로 96에 위치한 선잠박물관이 나온다. 1관·2관·3관으로 구성된 선잠박물관은 선잠에 대한 역사의 흐름을 한눈에 관람할 수 있는 장소다.

■ 법정스님과 길상사 그리고 백석 이야기

선잠단지 우측으로 돌아 조용한 주택가를 따라가다 보면 이런 도심 가운데 사찰이 있을까 싶은 곳, 넓은 숲속에 전각들이 조화를 이루고 있는 삼각산 길상사가 나온다. 《무소유》의 저자인 법정스님과 1980년대 최고급 요정의 하나였던 대원각이 기증을 통하여 길상사로 개원된 사연을 살펴본다.

법정스님(1932~2010)은 1932년 전남 해남에서 태어나 《무소유》, 《버리고 떠나기》, 《새들이 떠나간 숲은 적막하다》, 《물소리 바람소리》, 《오두막 편지》 등 많은 에세이를 저술하여 수많은 독자들의 마음에 떨림을 주었고, 길상사에서 입적하며 무소유를 몸소 실천한 분이다. 《새들이 떠나간 숲은 적막하다》라는 에세이집에서 "당신은 얼마 만큼이면 만족할 수 있는가? 가을 나무에서 잎이 떨어지듯이 자신의 인생에서 나이가 하나씩 떨어져 간다는 사실을 아는가? 적게 가지고도 얼마든지 잘 살 수 있다. 자신이 서 있는 자리를 내려다보라."며 절제와 생각하는 삶에 대한 명언을 남겼다.

길상사는 대원각 주인이던 고 김영한 여사(법명 길상화)가 법정스님의 《무소유》를 접하고 감동을 받아, 1987년부터 당시 음식점이던 대원각의 대지 7천여 평과 건물 40여 동을 청정도량으로 기증하고자 수차례 법정스님께 청원하였고, 1995년 법정스님이 그 뜻을 받아들여 송광사 말사로 등록, 1997년 부동산 등기를 완료하고 길상사로 개원하게 되었다고 한다.

시인 백석은 일제가 패망하고 남북이 갈라지면서 고 김영한 여사가

평생 동안 마음에 그리며 사랑한 사람이라고 한다. 시인 백석의 본명은 백기행이며 1912년 평북 정주에서 태어나 1929년 오산고보를 졸업하고 일본 도쿄의 아오야마학원에서 영문학을 전공하였다. 19세의 나이로 조선일보의 작품 공모에 단편소설 〈그 모母와 아들〉로 당선되어 소설가로 문단에 등단하였고, 24세에 시 〈정주성〉을 조선일보에 발표, 25세인 1936년에 시집 《사슴》을 발간하였다. 백석은 농촌 공동체의 정서를 풍부한 평안도 방언으로 표현해낸 시인이며, 남북이 갈린 후 북한에서 문학 활동을 계속한 것으로 알려져 있다.

■ 우리옛돌박물관

성북구 대사관로13길 66에 우리옛돌박물관이 있다. 위치가 조금 높은 곳에 있어 도보로 걷기가 조금 멀다 싶지만 자연을 배경으로 한 조경과 수백 점의 각종 석물들이 주제별로 가지런하게 서서 찾아오는 길손을 맞이하고 있다. 우리나라 석조 문화유산의 집결지다.

■ 만해 한용운 시인과 심우장

성북동 도로변의 만해 산책공원에는 긴 의자에 앉아 생각하고 있는 한용운 선생의 형상과 〈님의 침묵〉을 새겨 놓아 지나가는 행인의 발걸음을 멈추게 한다. 안내판에는 만해 한용운을 이렇게 소개해 놓고 있다.

심우장

"한용운(1879. 8. 29~1944. 6. 29)의 법명은 만해로 필명으로도 사용했다. 아명은 용운으로 충남 홍성에서 태어났고 1919년 일본의 식민지 재배로부터 한국독립을 선언한 33인 대표 중 한 분이다. 만해의 시는 민족주의와 사랑을 다루고 있으며 보다 만해시의 주된 관심은 인간의 본성과 경험의 신비에 관련된 철학적 명상이다." 만해는 조선 불교를 개혁하려 했던 승려이자 조선 독립에 일생을 바친 독립운동가이며 근대문학에 큰 업적을 이룩한 시인이다.

심우장은 서울시 기념물 제7호로 지정된 곳으로 성북동 222-1번지(성북로29길 24)에 위치하고 있으며 도로에서 계단으로 조성된 좁은 길을 따라 100여 미터 올라간 언덕에 있다. 일제강점기인 1933년 만해가 지은 집으로 한옥에서는 좀처럼 볼 수 없는 북향집이다. 조선총독부와 마주보기 싫어 북향으로 지었다고 한다. 만해는 이곳에서 1944년까지 11년간을 머물면서 조국의 독립을 보지 못하고 생을 마감했다. 심우장은 5칸으로 소박하게 지은 집이다. 서재였던 온돌방에는 만해 선생의 초상이 걸려 있고 입구에 '심우장'이란 현판이 있는데 이는 깨우침을 찾아 수행하는 과정을 소를 찾는 일에 비유한 불교 설화에서 따온 것이라 한다.

만해 한용운 선생의 행적은 여기뿐만 아니라 충남 홍성의 생가, 강원도 인제군의 백담사, 만해마을, 남한산성의 기념관에도 있으며 중랑구 망우산에는 선생의 묘소가 있다.

성북동 비둘기공원

■ 김광섭 시인과 성북동 비둘기

심우장을 답사하고 다시 언덕 위로 이어진 좁고 허름한 길을 따라 북정마을 쪽으로 조금 올라가다 보면 김광섭의 시 〈성북동 비둘기〉가 부착된 '비둘기공원'의 작은 쉼터 공원이 나온다. 자연의 훼손을 비둘기 삶에 비유한 인간성 상실에 대한 안타까움을 호소한 시가 가슴에 메아리되어 온다.

시인 김광섭(1905~1977)의 호는 이산이며 함경북도 경성 출신이다. 1920년 중앙고등보통학교를 거쳐 1924년 중동학교 졸업, 1926년 일본 와세다대 영어영문학부에 입학, 1932년 졸업 후 1933년 모교인 중동학교에서 영어 교사로 재직 중 학생들에게 민족의식을 고취했다 하여 1941년 일본 경찰에 붙잡혀 거의 4년간 옥고를 치렀다. 해방 후 경희대 교수로 재직 중 한국자유문학가 협회를 결성, 《자유문학》지를 발간했다. 1934년 〈수필문학고〉를 발표하였고, 1935년에는 일본에 의해 주권을 상실한 좌절과 절망을 담은 시 〈고독孤獨〉을 《시원詩苑》에 발표, 1938년에 시집 《동경憧憬》 발간, 1949년 〈민족주의정신과 문학인의 건국운동〉을 발표하였고, 1949년 제2시집 《마음》, 1957년 제3시집 《해바라기》를 펴냈다. 1969년 11월 제4시집 《성북동 비둘기》가 간행되었다. 1971년 제5시집 《반응》, 1976년 자전문집 《나의 옥중일기》 발간, 1977

년 72세로 영면하였다. 《나의 이력서 시와 인생에 대하여는》 김광섭 시인의 자서전이다. 시인의 인생이 이 자서전 한 권에 담겨져 있다. 시인 김광섭 선생의 자서전에 의하면 1941년 5월 31일 일본 제국에 나라의 주권을 빼앗기고 온 민족이 고통 속에서 신음하던 암흑시대, 눈물을 흘리며 일제의 서대문 형무소로 넘어가던 날 종로경찰서 유치장 벽에다 당시 암울했던 나라와 자신의 심경을 "나는야 간다/ 나의 사랑하는/ 나라를 잃어버리고"로 시작되는 시를 썼다는데 가슴 깊숙이 와 닿는다.

시인 김광섭은 1966년까지 이곳 성북동 168-34에 거주하면서 집필 활동을 했다고 한다. 지금 그곳은 빌라가 들어서 있는데 집 표지석은 성북로 102의 3층 건물 앞 도로 보도에 있다.

■ 소설가 이태준의 수연산방

성북동의 전통 찻집인 수연산방은 성북동 248번지에 위치하며 서울

수연산방

시 민속자료 제11호로써 소설가 상허 이태준이 1933년부터 1946년까지 살며 많은 문학작품을 창작하던 집이다. 이태준은 강원도 철원 출신으로 1925년 시대일보에 〈오몽녀〉로 데뷔하였고 1929년 개벽사에 입사 후 《학생》, 《신생》 등 편집에 관여했다. 조선중앙일보 학예부장을 역임, 1939년 《문장》지를 주관하였다. 이곳의 당호를 수연산방이라 하고 〈달밤〉, 〈돌다리〉, 〈코스모스 피는 정원〉, 〈황진이〉 등 문학작품을 썼다. 수연산방에는 안채와 사랑채, 아담한 꽃밭 등 아늑하고 정겨운 풍경이 많다고 하는데 아쉽게도 방문한 달에는 수리 중이라 내부를 볼 기회가 없어 다음을 기약할 수밖에 없었다.

이렇게 앞서간 문인들의 발자취를 찾아보고, 간송미술관과 성락원 등 명소는 개방을 하지 않는 관계로 조선왕조 600년의 역사가 서려 있는 한양도성길인 성북동 쉼터에서 와룡공원 입구까지 성곽을 따라 걸었다. 수도 서울을 방위하기 위하여 수많은 사람들을 동원하여 돌을 다듬고 또 켜켜이 쌓아올린 민초들의 수고로움이 피부로 느껴지는 곳이다. 그렇게 쌓아서 600년 이상을 지켜온 성곽의 모습이 장엄하기도 하고 내려다보이는 경치도 일품이었다.

해외에서 태극기를 보고 가슴이 설레었던 경험이 있다. 한국과 세계가 친교를 다지고 진정한 이웃으로 다함께 발전하는 터전을 마련하는 곳이 이곳이란 생각이다. 한국문학사를 빛낸 문인들이 이곳 성북동에서 둥지를 틀고 문학 활동을 한 현장을 찾은 일이 기억에 남을 추억이 될 것 같다는 생각을 하고 있는데 우정의 공원이 눈앞에 들어선다. 국기게양대에서 하늘을 향해 힘차게 날고 있는 각 국가들의 국기들의 행렬이 장관이다. 현재 한국의 드라마, 영화, 음악이나 화장품 등이 한류 붐을 타고 세계로 도약하고 있다. 우리 문학도 한류 붐에 기여할 수 있는 기회가 될 수는 없을까 하는 마음이 이 공원에서 간절하다.

■ 승려 작가 김일엽

성북동 일대를 답사하다가 우정공원 입구 벤치에 김일엽 작가의 기록이 있다. 일부는 녹이 슬어 알아보기 어려웠지만 내용은 이러하다. "1930년대 초반 성북동에 살면서 남편 하윤실과 함께 삼신학교의 교사로 활동했다. 일제강점기 나혜석, 김명순 등과 함께 여성의 권리와 해방을 주장한 그녀는 1933년 예산 수덕사로 들어가 승려가 되었다. 만년에 성북동 285번지 성리암(우정공원 서쪽에 위치)에 머무르며《청춘을 불사르고》(1962)를 집필했다." 김일엽은 평안남도 용강 출신으로 1896년 4월 28일 출생하여 1971년 2월 1일 수덕사에서 별세했다. 기독교 집안에서 태어났으나 결혼과 이혼 등의 아픔으로 출가해 승려가 되었다. 그는 1920년 우리나라 최초의 여성잡지《신여자》를 창간하고 주간으로 활동, 3월호에 소설 〈계시〉를 발표했다. 그는 시, 수필, 소설 등의 작품 활동을 했다. 근대문학 초기 여성들의 사회 진출과 문학 활동의 길을 마련해 주었다. 주요 작품으로는 1962년《청춘을 불사르고》, 1965년《행복과 불행의 갈피에서》등이 있다.

■ 성북근현대문학관, 성북역사문화센터

성북구에서 성북 문학의 오늘이 있기까지 역사와 근현대 문인들의 다채로운 모습 및 연구를 위해 2024년 3월 21일 성북로 21길 24, 대지 570㎡ 위에 연면적 447.6㎡의 3층 건물로 개관했다. 이곳은 성북구에서 활동한 문인들의 각종 자료를 상설 및 기획 전시하고 자료 수집과 학술 연구를 병행하는 성북 문학 자원 활용 중심지로 그 역할을 하고 있다. 1930년대 성북문인촌의 풍경이나 1937년 이상의 〈종생기〉 등 희귀 작품 등을 볼 수 있다. 또한 인근에 성북역사문화센터가 있어 성북을 소개하며 방문하는 이용객의 안내 등 역할을 하고 있다.

■ 서울연극창작센터

연극인들의 창작 공간과 연극을 사랑하는 관객을 위한 시설이 탄생했다. 성북구 성북로 8(성북구 동소문동)에 2025년 3월 20일 개관한 서울연극창작센터가 그곳이다. 지하철 4호선 한성대입구역 6번 출구에서 불과 60여 미터 거리에 위치하고 있어 접근성이 편리하다. 1·5층은 공연장이고 2층은 열린 공간으로 각종 전시 등에 이용되고 3·4층은 연극인들의 공간이다. 서울시문화재단에서 운영한다.

성북동은 전체가 예술이다. 시인, 수필가, 소설가가 거주한 곳이기도 하지만 미술관, 문학관, 박물관 등 곳곳이 모두 예술이란 표현에 손색이 없을 만큼 다양하다. 하루의 일정이 짧을 만큼 살펴볼 곳이 많은 곳이다. 특히 봄·가을에 시간을 내어 성북동의 발자취를 더듬어 보는 일도 뜻깊은 의미가 있다는 생각이다.

《인간과문학》 2015년 겨울호

월드컵공원 및 상암동 그리고 양화진

– 강희맹, 한석봉, 이병연, 김영랑, 정지용, 호머 B.헐버트

박정희대통령
● 기념관

노을공원

문화비축기지
■

■ 월드컵경기장역
● 월드컵경기장

하늘공원

평화의공원
● 시비詩碑

한강

■ 합정역

● 양화진
외국인 묘역

호국보훈의 달, 6월 하순이다. 올해 6월은 유난히도 비가 자주 내린다. 하늘도 호국영령들을 위로하는 듯하다. 숙연한 마음이지만 사람이 비가 온다고 그냥 지낼 수는 없다. 집만 나서면 어디든 갈 곳이 지천이고 편리한 교통수단이 널려 있는 그야말로 살기 좋은 곳이 서울이다. 빗방울이 떨어지는데 지하철 6호선 월드컵경기장역에 내렸다. 후덥지근한 날씨인데다 출근 전쟁이 지나서인지 타고 내리는 승객이 거의 없다. 지상으로 올라오니 먼저 눈에 보이는 거대한 구조물인 상암월드컵경기장이 선명하다. 월드컵공원 내에 위치하여 주변의 숲들과 함께 잘 가꾸어신 공원 내의 기대한 경기장 시설은 대낮임에도 코로나로 잠에 취해 기상이란 말을 모르고 있다. 오늘은 월드컵공원과 주변 일대를 살펴보고자 한다.

■ 상암월드컵경기장

2002년 6월 한 달 동안 대한민국은 붉은색 물결의 축구 열기로 뜨겁게 달아올랐다. 매봉산 아래에 위치한 상암월드컵경기장인 이곳에서 2002년 한·일 월드컵이란 명칭으로 FIFA가 개최한 월드컵 축구 개막식과 개막전, 그리고 준결승전을 개최한 것을 비롯, 전국 10개소에서 월드컵 축구 경기를 개최했기 때문이다. 당시에 우리나라는 축구 준결승전에서 독일에게 아깝게 패했으나 세계 4강의 신화를 이룩한 쾌거를 거두었다.

상암동에 위치한 월드컵 경기장은 우리나라 고유의 전통 소반과 팔각

모반 그리고 평화의 염원을 방패연에 실어 하늘에 띄운 이미지를 가졌다. 지붕은 마포나루에 드나들던 황포돛대를 형상화하여 건축한 것이라는 설명이다. 건설 공사는 FIFA에서 결정되고(1996년 5월) 난 후 1998년 11월에 월드컵 주경기장 건설 기공식이 있었고, 2002년 1월에 준공검사가 완료되었다. 경기장의 규모는 대지 면적 216천여 ㎡에 연면적 166천여 ㎡로 지하 1층 지상 6층 규모이며 관람석이 66,704석이다.

■ 월드컵공원

월드컵공원 주변은 난지도라는 지명으로 난초와 지초 등 온갖 꽃들이 만발하고 철새들이 찾는 곳이었는데 서울시민들의 쓰레기를 처리할 마땅한 장소가 없자 이곳에 매립지를 조성했다. 1978년부터 1993년까지 15년 동안 버린 8.5톤 트럭 13백만 대 분의 쓰레기가 높이 해발 98m의 산이 되고 말았다. 그러한 곳을 1996년부터 복토와 침출수와 매립가스 처리 등 정화과정을 거치고, 복원하여 2002년 월드컵공원으로 탄생시켰다. 월드컵공원은 4개의 특색을 가진 공원으로 구분된다. 난지연못·서울정원박람회 정원 등이 있는 평화공원, 쓰레기 매립장으로 높이 98m의 산이 초원으로 조성되어 지금은 억새들로 가득한 하늘공원, 역시 거대한 쓰레기 산이었다가 시민들이 넓은 잔디밭에서

월드컵공원

여유를 즐길 수 있는 노을공원, 자연 하천으로 태어난 난지천공원으로
나누어진다.

■ 평화의 공원 시비詩碑

하늘공원에서 데크를 타고 내려
와 평화의 공원으로 향한다. 내려
오는 길에 보이는 월드컵경기장
과 평화의 공원 숲들이 한 폭의 그
림으로 다가온다. 난지연못의 징
검다리를 건너 서울정원박람회

평화공원시비군群

정원에 위치한 시비군詩碑群을 답사한다. 강희맹의 〈마포야우〉, 한석봉
의 〈서강〉, 이병연의 〈양화환도〉는 모두 양화진 나루터의 풍경을 노래한
시이고 김영랑 시인의 〈오월〉, 정지용 시인의 〈비〉, 서정주 시인의 〈푸르
른 날〉, 박두진 시인의 〈낙엽송〉, 박목월 시인의 〈윤사월〉, 이호우 시인
의 〈개화〉, 이병기 시인의 〈오동꽃〉, 이하윤 시인의 〈들국화〉, 유치환 시
인의 〈바람에게〉 등이 행인의 관심을 끌고 있다. 이 가운데 조선시대 강
희맹, 한석봉, 이병연과 현대의 정지용, 김영랑 시인에 대하여 살펴보고
자 한다.

강희맹

강희맹은 본관이 진주이며 호는 사숙재私淑齋, 운송거사, 시호는 문량

文良이다. 1424년(세종 6년)부터 1483년(성종 14년)까지 살아온 조선 전기의 문신이다. 어머니는 영의정 심온의 딸이며, 이모부가 세종이고 형은 화가인 강희안이다. 강희맹은 인품이 겸손하고 치밀한 일처리로 슬기롭게 업무를 추진했으며 당대의 문장가이기도 했다. 그는 소나무와 대나무를 잘 그렸으며, 저서로는 성종의 명으로 서거정이 편찬한《사숙재집》17권 이외《금양잡록》,《촌담해이村談解頤》 등이 있다.

寒雲寞寞水悠悠한운막막수유유　찬 구름 아득하고 물은 유유히 흐르는데
兩岸靑風無盡水양안청풍무진수　강 양쪽 언덕에는 청풍 시름이 끝이 없네
座對孤燈過夜半좌대고등과야반　밤이 새도록 외로운 등불과 마주 앉으니
一江風雨暗滄州일강풍우암창주　큰 강의 비바람에 창주는 어둡기만 하네.

- 강희맹, 〈마포야우麻浦夜雨〉

한석봉

한석봉의 본명은 한호이며 석봉은 호이다. 1543년 개성 출생으로 1567년 24세 때 진사시에 합격했으나 대과에는 급제하지 못하고 뛰어난 글씨로 사자관에 발탁되었다. 당시 국왕의 어서御書와 외교문서를 필사했다. 그가 해서·초서·행서 등 각 서체에 모두 뛰어나 명필이라고 이름난 계기는 중국에 사신으로 수행할 때 및 외국 사신이 왔을 때 연석에 나가 쓴 글씨가 중국 지식인들의 감탄과 호평을 받았기 때문이다. 중국의 저명한 학자 왕세정, 그리고 명의 사신 주지번이 왕희지와 안진경과 우열을 다툴 만하다고 격찬했으며 임진왜란에 참전한 명나라 장수 이여송, 마귀 등이 그의 글씨를 요청해 받아갔다. 선조가 한호의 글씨를 보고

감탄하여 어주御酒를 하사하였으며, 임진왜란이 끝난 후 가평군수에 임명되었으나, 이후 통천현감이 되었다가 1605년에 사망했다. 한석봉의 글씨는 추사 김정희와 쌍벽을 이룰 만큼 명성이 높은데 그의 필적을 담은 《석봉서법》 등이 있고, 그가 쓴 글씨로는 옥산서원의 민구재敏求齋 편액과 도산서원, 비문으로 허엽 신도비, 서경덕 신도비 등이 있다.

千頃澄波一藍光천경징파일람광　넓고 맑은 물결은 겨울인양 번쩍일 제
曲欄斜倚賦滄浪곡란사의부창랑　난간에 기대어서 창랑가를 읊조린다
兼葭兩岸西風急겸가양안서풍급　양 기슭 갈대숲엔 갈바람이 사나운데
無數飛帆亂夕陽무수비범난석양　수없이 나는 돛들 석양에 어지럽구나.

– 한석봉, 〈서강西江〉

이병연

이병연의 본관은 한산, 호는 사천 또는 백악하이다. 1671년에 태어나 1751년에 사망한 시인이다. 음보로 출사하여 삼척부사와 한성부윤을 지냈다. 영조 때 최고의 시인으로 칭송되었고 겸재 정선과 친분이 있었다. 김익겸이 그의 시초 한 권을 가지고 중국으로 갔을 때 그곳 강남의 문인들이 그의 시를 극찬하였다고 한다. 그의 시는 서정성이 깊은 감회를 일으키는 시들이 많으며 그가 일생 동안 일만여 수의 시를 지었다고 하는데 현재 500여 수가 전해진다. 저서로는 《사천시초槎川詩抄》가 있다.

前人喚船去전인환선거　앞사람이 배를 불러 타고 가면
後客喚船遊후객환선유　뒷사람이 배를 돌려 오라 하네

可笑楊花渡가소양화도 우습구나 양화나루 건너는 길손

浮生來往還부생래왕환 뜬구름 같은 인생 덧없이 오가네.

- 이병연, 〈양화환도楊花喚渡〉

김영랑

본관은 김해이고, 본명은 김윤식이다. 《시문학》에 작품을 발표하면서부터 영랑으로 사용했다. 1903년 전남 강진에서 출생, 강진보통학교를 거쳐 1917년 휘문의숙에 입학했다. 1919년 3·1 운동 때 고향 강진으로 내려가 독립운동 거사 직전 발각되어 일본 경찰에 의해 6개월간 감옥에서 복역했다. 이듬해 일본으로 건너가 아오야마(청산학원)에 입학, 1923년 관동대지진으로 귀국, 1925년에 김귀련과 재혼했다. 1930년 박용철·정지용 등과 《시문학》 동인으로 《시문학》 창간호에 〈동백잎에 빛나는 마음〉, 〈언덕에 바로 누워〉 등의 서정시를 발표하면서 등단한다. 이어서 1934년 4월에는 〈모란이 피기까지는〉 등을 발표하고, 1935년에 11월에 첫 시집 《영랑시집》을 발간하였다. 여기에는 박용철이 시 쓰기를 적극 권유하였고 김영랑 시를 《시문학》에서 부각시키며 그의 시를 아꼈다. 1950년 9월 29일 신당동에서 운명했다. 2024년 8월 15일 중랑구 망우 인문학 공원에 그의 묘비가 세워졌다. 당시 김기림의 주지적 시와는 달리 김영랑은 섬세하고 영롱한 순수 서정시의 경지를 개척한 시인이었다. 1939년을 전후하여 《문장》에서 〈독을 차고〉, 《시림》에서 〈전신주〉 발표, 1940년 《조광》에서 〈한 줌 흙〉 발표, 1945년 해방 후 우익 운동에 참여하였고 1949년에는 공보처 출판국장과 《영랑시선》을 간행했다. 1950년 6·25 전쟁 때 서울에서 은거 중 9월 27일 파편에 맞아 9

월 29일 운명하였다. 김영랑 시 오월을 담아 본다.

들길은 마을에 들자 붉어지고
마을 골목은 들로 내려서자 푸르러졌다
바람은 넘실넘실 천千이랑 만萬이랑

이랑 이랑 햇빛이 갈라지고
보리도 허리통이 부끄럽게 드러났다
꾀꼬리는 여태 혼자 날아 볼 줄 모르나니
암컷이라 쫓길 뿐
수놈이라 쫓을 뿐
황금 빛난 길이 어지럴 뿐
얇은 단장하고 아양 가득 차 있는
산봉우리야 오늘 밤 너 어디로 가 버리련?

- 김영랑, 〈오월〉 전문

정지용

본관은 연일이며 충북 옥천 출신이다. 1902년에 출생하여 1950년 9월경 사망한 것으로 추정되고 있다. 아명兒名은 어머니의 태몽에서 연못의 용이 하늘로 올라갔다고 유래된 지용池龍이라 했고, 발음을 따서 본명을 지용芝溶이라 했다. 정지용 시인은 1930년대에 한국 현대시의 새로운 시대를 개척한 선구자라는 평가를 받는데 손색이 없다는 인물이다. 특히 그의 공로는 참신한 이미지와 절제된 시어를 사용한 현대시의 결정적 기틀을 마련함에 있다는 것이다. 정지용 작품은 1988년 납북 및 월북 작가의 작품이 해금이 되어 오늘날 빛을 보게 된 것이다. 이곳에 세워진 정지용 시 비를 담아 본다.

돌에/ 그늘이 차고,// 따로 몰리는/ 소소리바람.//

앞서거니 하여/ 꼬리 치날리어 세우고// 종종다리 까칠한/산새 걸음걸이.//

여울 지어/ 수척한 흰 물살// 갈갈이 손가락 펴고.//

멎는 듯/ 새삼 돋는 빗낱// 붉은 잎 잎 / 소란히 밟고 간다

- 정지용, 〈비〉 전문

■ 박정희 대통령 기념관, 박정희 대통령 도서관

6호선 월드컵역 1번 출구에서 서부면허시험장 방면으로 걸어서 18분 거리이고, 문화비축기지에서는 걸어서 10여 분 남짓 거리에 박정희 대통령 기념관, 박정희 대통령 도서관이 있다. 우리나라가 대대로 이어온 농업 국가였음에도 불구하고 가난에 시달려 5월이면 식량이 바닥나서 보릿고개에 허덕이던 시절, 5천만 국민들을 하면 된다는 신념과 새마을 정신으로 국민들의 의식을 깨우쳐 민족의 중흥 역사를 이룩한 박정희 대통령이다. 기념관은 3층 건물 규모로, 기념관과 도서관이 같은 건물에 있다. 1층 건물에 들어서자 로비가 보이고 로비는 상징 조형물과 대통령의 생생한 모습을 보여주는 대형 스크린이 위치하고 있다.

1전시실에는 5·16 직전의 혼란한 시대상을 대표하는 단어들과 대통령의 가계, 가난한 어린 시절, 황소 옆에서 책을 읽는 광경, 구미 상모리 생가, 대구사범학교 재학시절, 문경공립학교 교사 시절과 군인 시절, 국가와 혁명과 나, 5대 대통령취임선서문, 등이 있다. 2전시실은 경제개발 5개년 계획, 독일 간호사·광부 등 파독 근로자와 대통령의 눈물겨운 이야기, 새마을운동, 산림녹화, 고속도로, 중화학공업, 자주 국방, 의료보

험제도, 문화예술의 기틀 마련, 월남파병, 한미동맹 및 자주국방 등 대통령 재임 18년의 치적이 전시되어 있다. 3전시실은 대통령이 집무실에서 창문을 바라보면서 생각에 잠긴 모습, 대통령 내외분의 추모실 등으로 되어 있다.

한 사람의 위대한 지도자가 나라의 흥망을 좌우한다는 걸 여기 와서 깨달았다. 당시 필리핀이나 태국 등 동남아보다 낮은 소득의 농업국가에서, 미래의 안목으로 제철, 자동차, 조선, 정유 등 화학공업, 원자력을 비롯한 에너지, 지하철, 국토발전을 위한 고속도로, 물 부족에 대비한 각종 댐 건설 등⋯ 뿐만 아니라 근면 자조 협동 등의 정신 개발 운동을 통한 오늘의 국가 발전의 토대를 이룩한 박정희 대통령, 그가 있었다.

■ 하늘공원

박정희 대통령 기념관을 관람하고 난지천공원을 지나 마포자원회수시설이 위치한 곳으로 이동하여 천천히 걸어서 하늘 전망대에 이른다. 이곳이 예전의 그 쓰레기 산이었던 곳이라니⋯ 상상이 가지 않는다. 억새가 장관을 이루는 이곳에서 도심 속을 유유히 흐르는 한강과 임진왜란 때 권율 장군이 승리로 이끈 하류 방향의 행주산성이 아득하다. 그리고 건너편 쓰레기 산을 정화하여 도시민의 쉼터가 된 노을 공원과 서울의 명산 북한산을 조망할 수 있는 곳이자, 월드컵 공원 전체를 내려다 볼 수 있는 곳이다.

호머 B.헐버트 묘지

■ 양화진 외국인 묘역의 호머 B.헐버트

양화진은 양화도라고도 하는데 조선시대에 한양에서 강화로 가는 교통의 요지였다. 한강에서 한양의 천연 방어선의 요지였던 곳이며, 한강 연안의 경치가 뛰어난 곳으로도 유명하였다. 이곳에 많은 문인과 명사들이 찾아와 시를 짓고 자연을 감상하였다. 그러나 병인양요가 일어나면서 이곳은 천주교 신자들의 처형이 이루어지는 장소가 되었다. 이후 이곳에 양화진 공원과 외국인 묘역이 조성되고 천주교 성당과 순교 기념관이 생겼다.

호머 B.헐버트는 미국 버몬트주 출신으로 1884년 미국 대학교에서 박사 학위를 받고 1886년 소학교 교사로 초청 받아 육영공원에서 외국어와 역사를 가르쳤다. 1889년 한국 학생들을 가르치기 위해 한글로 된 《사민필지》라는 교과서를 만들었다. 세계의 지리, 정세, 풍습, 산업 등을 쓴 책이다. 한글을 사랑한 그는 1896년 구전 아리랑을 최초로 악보로 기록하고, 당시 배재학당에 근무하던 주시경 선생과 한글 연구를 함께하면서 '띄어쓰기와 점찍기'를 도입하도록 했다. 그는 1905년 을사늑약 후 한국의 독립을 주장하며 고종의 밀서를 휴대, 미국에 돌아가 국무

장관과 대통령을 면담하고자 했으나 실패했고, 1907년 네덜란드 제2차 만국평화회의에 밀사를 보내도록 건의 후 헤이그에 도착 회의시보에 한국 대표단의 호소문을 싣는 등 한국 국권 회복 운동에 적극 협력하였다. 대한민국 수립 후 1949년 국빈으로 초대받고 내한했으나 병사하여 양화진 외국인 묘역에 안장되었다. 1950년 건국훈장 독립장이 추서되었고, 저서로는 《한국사》 2권, 《대동기년》 5권, 《대한제국 멸망사》가 있다.

인류 역사가 하루아침에 이루어진 것은 아니다. 하지만 과학이 발전하고 삶의 질이 하루가 다르게 발전하는 세상에도 극복하지 못하는 일이 많다. 요즈음 창궐하고 있는 코로나 사태는 사람들의 일상을 지배하고 움츠리게 만든다. 사람 만나는 일을 두렵고 힘들게 한다. 이러한 때 월드컵 때의 함성을 새기며, 박 대통령 기념관에서 지난 우리 역사를 되돌아보고, 하늘공원에서 억새의 싱그러운 율동과 함께, 유유히 흐르는 한강과 북한산 조망을 함께 보는 즐거움을 맛본다. 특히 잘 정비된 평화공원의 경관에다 우리 선조들의 시심과 원로 시인들의 작품을 감상하는 기회가 있어 우리 역사와 함께 또 다른 의미를 갖게 하는 곳이다. 지난 시절 난지도 쓰레기 산이 오늘날 시민들이 즐겨 찾는 명소이자 청정한 자연으로 변모된 월드컵공원에서 인간의 의지와 자연의 힘이 얼마나 위대한지 다시 느낀다.

《인간과문학》 2021년 가을호

노원의 인연
- 천상병, 김시습, 이윤탁의 영비, 등나무 근린공원의 시

수락산
매월정

수락산역 3번출구

천상병공원
(상계동 1006-4)

마들역

상계역

노원역

영비각
(하계동 12번지)

서라벌고교

중계역

북서울
미술관

등나무근린공원
의자 겸용 시비

노원평생학습관

하계역

노원에서 문학 활동을 했던 문인들을 살펴보면 천상병 시인을 먼저 생각하게 된다. 지하철 7호선 수락산역 3번 출구에서 수락산 방향으로 향한다. 수락한신아파트 앞 작은 공원 '귀천정'이라는 정자와 천상병의 시 〈귀천〉과 〈수락산변〉을 새긴 시비와 함께 천상병 시인상이 있는 시인 천상병공원(상계동 999-27)이다.

■ 천상병 시인과 시인천상병공원

시인천상병공원

의자에 앉은 할아버지가 어린 소녀들과 어울려 즐겁게 웃고 있는 모습의 좌상이 보인다. 바로 천상병 시인상이다. 조형물 의자에 앉아 있는 깡마른 시인의 팔에 천진난만한 어린아이가 매달리고, 한 아이는 곁에서 웃고 있는 정겨운 모습으로, 평소 시인의 낙천적이고 행복한 마음을

천상병공원

표현하고 있다. 시인 자신은 자녀가 없었지만, 마치 한 가족 같은 다정한 할아버지와 어린 손자가 즐거운 한때를 보내는 모습임을 느낄 수 있다. 그 앞에는 개 한 마리가 고무신을 물고 누워 있는 한가로운 모습이 담겨 있어 우리의 행복이 다른 곳에 있는 것이 아님을 보여주고 있다. 천상병 시인 그는 늘 웃고 살았다. 웃고 싶어서 웃고 울고 싶어도 웃었다. 술을 마시고 웃었고 친구가 좋아서 웃었고, 아이들이 좋아서 웃었다. 그는 밥보다 막걸리를 더 좋아하는 시인이었다. 천상병 시인의《괜찮다 괜찮다 다 괜찮다》라는 책에서 자신을 일곱 살짜리 어린이란 별명이 있다고 했다. 여기에서 "나는 어린애가 없으니 온 세상 어린이들이 다 귀엽고 천사 같다"고 쓰고 있다.

카페 귀천歸天

평소 천상병 시인의 사랑방이던 카페 歸天을 찾는다. 종로구 인사동길 14에 위치한 카페는 한적한 골목 중간 지점에 있는 아담한 크기의 작은 카페이다. 오미자차 한 잔으로 어린아이처럼 욕심 없이 살다간 천상병 시인의 세계를 잠시나마 음미해 본다. 약 38년 전에 문을 열었다가 20년 전에 현재의 위치로 이전했다고 한다. 당시 카페 귀천은 부인 목순옥 여사가 운영하던 곳으로, 평소 천상병 시인의 주간 쉼터이자 문인들의 사랑방이기도 했다. 그는 집이 있던 의정부 장암동에서 상계동까지 마을버스를 타고 와서 다시 시내버스를 타고 카페 귀천으로 가서 지냈다. 그곳에서 친구도 만나고 예술가와 독자들도 만났다. 오늘 찾은 카페 귀천의 벽면에는 천상병 시인의 시 〈歸天〉이 나무 액자로 걸려 있고 〈행복〉이란 시와 환하게 웃고 있는 시인 부부의 사진도 있어 카페에서 시인의 체취를 느낄 수 있다. 지금은 두 분 모두 돌아가시고 부인의 친정 조카인 목영선 씨가 카페를 운영하고 있다.

■ 매월당 김시습

김시습은 조선 전기의 위대한 학자와 사상가로 호는 매월당梅月堂·청한자淸寒子·동봉東峰·췌세옹贅世翁, 법호는 설잠이며 본관은 강릉이다. 우리들의 뇌리에 김시습은 학교에서 이미 학습으로 각인된 존재다. 우리나라 최초의 한문소설인 《금오신화》의 저자이며, 생육신의 한 사람이라는 것을 모르는 사람은 아마 없을 것이다. 이 밖에도 주요 저서로는 《매월당집》, 《십현담요해》, 《탕유관서록》, 《탕유관동록》, 《탕유호남록》 등이 있다. 김시습의 시 문집인 《매월당집》은 원집 23권 중 약 15권이 시로 채워지고 있으며 현재까지 2,200여 수가 전한다고 한다. 그는 1435년에 출생하여 1493년까지 일생동안 유·불·선의 영역을 넘나든 사상가이자, 당시 세조의 왕위 찬탈 등 정치의 폐해와 백성들의 삶의 현실에 주목했던 비판적 지식인이었다. 설경호 교수가 2003년 돌베개에서 발행한 《김시습평전》에 의하면 김시습은 1472년(성종 3년)부터 수락산의 폭천정사暴泉精舍에서 10년 동안 살았다고 한다. 그의 호 '동봉東峰'은 수락산 동쪽 봉우리 만장봉을 사랑하여 호로 사용했다는 이야기다.

매월정
수락산 매월정은 매월당 김시습을 기리기 위해 지은 정자다. 이 매월

매월정

정을 오르기 위해서는 한 시간 이상 땀을 흘려야 한다. 장암역에서 석림사 계곡을 통하거나, 수락산역에서 벽운 계곡을 통해서 깔딱고개를 오르면 도봉산 방면으로 조그만 봉우리가 보인다. 그곳에 노원구에서 설치한 팔각형의 매월정이 있다. 주위 소나무와 어울린 풍광이 매월정의 느낌을 더 아름답게 한다.

정자에 봉상청풍峰上靑楓, 수락잔조水落殘照 등의 현판이 이곳의 경치를 말없이 대변한다. 지금 김시습은 가고 없지만 몇 수의 시에서 그의 생각을 살펴볼 수 있다. 현장에는 김시습과 수락산의 인연을 잘 정리하여 놓았다. 여기에 일부 시를 옮겨 본다.

풀 푸른 긴 언덕에 오솔길 비껴 있는데/ 옹기종기 뽕밭 속에 사람 사는 집 있다/ 시냇가 단풍 온통 씻겨 푸른 안개에 젖었는데/ 십리 길 하늬바람 벼꽃에 분다
- 김시습, 〈노원에서 있는 일〉 전문

■ 한글 영비靈碑

역사적인 기록은 한 시대를 대변하고 증명하는 귀한 존재물이다. 하계동 서라벌 고등학교 동편 도로를 건너면 언덕 위에(노원구 하계동 12번

지) 영비각靈碑閣과 묘소가 보인다. 한글 영비靈碑는 조선 중종 31년 (1536년) 승문원 부정자 이윤탁의 아들 이문건(승정원 좌부승지)이 합장묘의 비문을 짓고 쓰고 새겨서 세운 비다. 우리나라에서 가장 오래된 한글 비석으로 사료적 가치 등을 인정받아 2007년 9월 18일 보물 제1524호로 시징되었다. 이곳 성주 이씨 정자공 종회의 해설에 의하면 한문으로 쓰인 묘비의 전면에는 묘주가 기록되고, 후면은 묘주의 가계 및 행장이 기록되어 있다. 문학사적으로 중요한 것은 좌측면의 한글 영비 비문이다. 한글 비문 내용은 이러하다. "신령스러운 비석이다. 범하는 사람은 재화를 입을 것이다. 이는 글 모르는 사람에게 알리는 것이다." 우

한글영비각

측은 한문으로 새겨 놓았는데 해석하면 "부모를 위해 이 비석을 세운다. 부모 없는 사람이 누가 있어 이 비석을 훼손할 것인가. 비를 차마 깨지 못하리니. 묘가 능멸당하지 않을 것이 분명하다. 만세에 이르도록 화를 면할 진저."라는 내용이다. 오늘날 우리가 우리말을 정확히 표현하고 사

용할 수 있는 한글이 창제 후 변천 과정을 거치긴 했어도 당시의 일반 백성들 사이에도 널리 사용되고 있었다는 증언 기록의 귀한 증거라 할 수 있다. 노원구에서는 이를 기념하기 위하여 한글비 근린공원(하계동 288-2)을 만들어 모형을 전시하고 있다.

■ 등나무 근린공원의 시와 북서울미술관

근린공원의 시

노원구 중계동 서울시립 북서울미술관이 위치한 등나무 근린공원에는 시민들의 휴식을 위한 의자 겸용 대리석의 시설들이 누워 있다. 여기에 유명 시인들의 시가 새겨져 있어 행인들의 관심을 모은다. 이육사 시인의 〈청포도〉, 서정주 시인의 〈국화 옆에서〉, 천상병 시인의 〈귀천〉, 박목월 시인의 〈청노루〉, 조지훈 시인의 〈승무〉, 윤동주 시인의 〈서시〉, 김소월 시인의 〈진달래 꽃〉, 〈산유화〉, 매월당 김시습의 〈노원에 있는 일〉, 김영랑 시인의 〈모란이 피기까지〉 등 모두 명시다. 위 시인들 중 위에서 언급한 매월당 김시습과 천상병 시인을 제외한 모두가 노원과 인연이 있는지는 모르지만 당국의 배려로 그들의 시가 여기 있다는 사실이 이곳을 찾는 사람들 가슴에 시심詩心의 울림으로 새겨지고 있다는 사실 그 자체만으로도 인상 깊다.

북서울미술관

서울시에서 북동부 지역 시민들을 위해 건축한 미술관이다. 여기에서 품격 높은 예술품이 연중 기획 전시되고 있다. 오늘 북서울미술관에서는 "그림이라는 별세계: 이건희 컬랙션과 함께"라는 주제로 강요배, 곽인식, 권옥연, 김봉태, 방혜자, 유영국, 이인성, 하인두 등 일생을 미술 창작에 몰두해 온 작가 8인의 작품 세계가 펼쳐지고 있다.

현대인들은 늘상 바쁘다. 그래서 주변을 살펴볼 여유도 없이 오직 앞만 보고 살아가고 있다. 하지만 사람도 자연의 일부이고 자연 속에서 살아간다. 사회생활에 지치고 여유 없이 살다 보면 스트레스가 쌓이게 마련이다. 이럴 때 여유를 가지고 자신을 되돌아보고 싶은 욕구가 생긴다. 오늘 수락산과 불암산이 위치한 노원의 자연이 그린 풍경화도 감상하면서 문학과 예술이 무엇인지 생각해 보는 하루를 가진다.

《인간과문학》 2019년 겨울호

미래의 꿈
– 어린이대공원, 강소천, 김동인, 방정환, 윤극영, 윤석중, 이원수

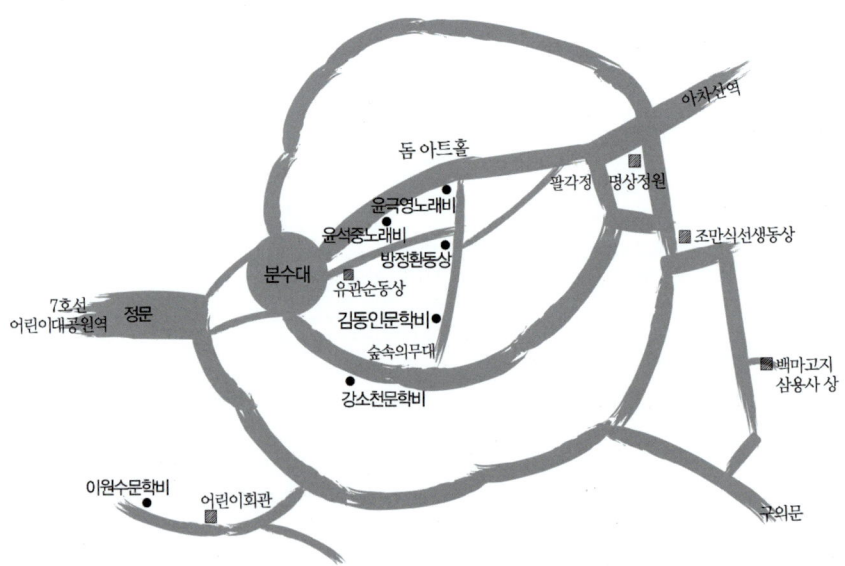

한 해가 지나가는 연말, 크리스마스 캐럴이 울려 퍼지는 도심 공원 숲 속에는 순백의 눈이 나무들과 어울려 환상적인 멋을 연출하고 있다. 엄마와 아기, 친구들과 연인들이 손잡고 거니는 모습이 정겹다. 단체로 나온 어린이들, 학생들도 있고, 생동하는 젊은이들이 웃음꽃을 터뜨리는 모습도 볼 수 있다. 흐뭇하고 아름다운 곳이다. 그리고 어린 시절의 동심으로 돌아간 어른들이 지난 시절을 되돌아보면서 향수를 불러일으키는 모습도 보인다. 광진구에 위치한 어린이대공원이 그곳이다. 어린이대공원은 1970년 당시 박정희 대통령이 미래의 주인공인 어린이의 꿈과 희망을 담아내는 어린이들을 위한 공원을 개설하라는 지시로 공사가 시작되어, 1973년 5월 5일 어린이날 개장되었다. 총 면적 21만 8천 평으로 재력가들이 이용하는 골프장이 있던 곳이다. 당시 고궁을 제외하고는 변변한 관람시설이 없던 시절이었다. 완공 후 서울에서는 동물원과 열대식물원을 비롯한 각종 시설을 갖춘, 가장 규모가 큰 공원이 되었다. 지금도 어린이들을 비롯하여 가족들이 즐겨 찾는 명소임에 틀림이 없다. 특히 이곳은 광진구 주택가에 위치하여 아침은 물론 하루 종일 산책하는 사람들의 운동 공간이자 휴식 공간으로 거듭나고 있는 곳이다.

어린이대공원은 단순한 어린이 놀이 공원만은 아니다. 자라나는 어린이들을 위한 교육장이기도 하다. 나라 잃은 설움에 몸부림치던 시절이 있었다. 1910년 이후 일제가 나라를 빼앗고, 먹고 살아야 하는 생명 그 자체인 식량은 물론 모든 자원을 공출이라는 이름으로 닥치는 대로 수탈해 갔을 뿐만 아니라 심지어는 우리말까지 쓰지 못하게 하던 참담한 시절이 있었다. 이와 같은 현실에서 당시 선각자들은 민족의 아픔을 극복할 나라의 장래는 자라나는 어린이들에게 달려 있음을 온몸으로 느끼고 있었다. 이런 과정에서 우리말 우리글을 사랑하고, 어린이들을 위한 각종 동요나 동시를 창작하는 등 어린이들의 성장 발전에 많은 노력을 기울였다. 광복 20여 년 후 어린이대공원이 준공되고 선각자들의 독립정신과 어린이들을 사랑한 각종 기념물과 문학비 등이 산 교육장으로 그 역할을 하게 되었다. 오늘 이곳 어린이대공원을 찾아서 한 평생 이 땅의 어린 새싹들을 위해 아동문학에 헌신했던 아동문학가 등의 시비와 동상 등 문학인들의 발자취를 되새겨 보고자 한다.

■ 강소천 문학비

어린이대공원 정문에서 음악분수대를 지나고 꿈마루와 능동 숲속의 무대 사이 앞에 강소천 문학비가 서 있다. 겨울이라 음악분수대의 분수와 아름다운 음악은 감상할 수 없지만 문학비를 살펴보는 것만으로도 의미가 느껴진다. 문학비 전면에는 1933년에 발표한 〈닭〉이란 동시가 새겨져 있다. "물 한 모금 입에 물고"로 시작되는 동시다. 세상에 갓 태어난 노오란 병아리들, 그리고 병아리들의 종종걸음과 이들을 데리고 모이를 찾는 어미 닭과 함께 어울려 놀고 있는 모습을 떠올리다 보면 생각만으로도 예쁘고 귀엽게 느껴진다. 이 동시를 보면 직접 병아리를 보지 않아도 그대로 한 장

강소천 문학비

의 풍경으로 다가오는 동시임을 느낄 수 있다. 강소천 문학비 후면에는 이렇게 쓰여 있다. "선생은 사랑이 넘치는 동시와 동화를 통해 아름다운 꿈과 희망과 웃음, 그리고 바른 길을 걷는 슬기를 심어준 위대한 아동 문학가의 한 사람입니다." "또한 어린이 보호와 〈어린이 헌장〉을 만들고 이를 요로에 건의하여 반포하게 하였고, 대학 강단에서 아동문학을 개척하였습니다." 이 문학비는 1987년 한국문인협회와 강소천 문학비 건립위원회에서 건립한 것으로 되어 있다. 강소천 선생은 함경남도 고원 출신으로 1915년에 태어나서 1963년에 사망한다. 선생은 1931년 조선일보 신춘문예에 〈민들레와 울 아기〉가 당선되었고 〈호박꽃과 반딧불〉, 〈봄비〉 등을 발표, 1937년 이후는 동아일보에 〈돌멩이〉, 조선일보에 〈마늘먹기〉 등의 동화 및 소년 소설을 발표한다.

■ 김동인 문학비

소설가 김동인 문학비

한국문학사에서 김동인의 위치는 결코 가볍지 않다. 인생의 문제를 제시한 근대 소설의 기초를 닦은 작가로 알려진다. 그러한 김동인 선생의 문학비를 여기 능동 어린이대공원에서 만난다. 김동인 문학비는 능동 숲속의 무대 건물에서 야외무대로 올라가기 전 우측에 흉상과 함께 나란히 위치해 있다. 선생은 1900년 평양에서 출생하여 6·25 전쟁 중인 1951년 1월 서울 자택에서 홀로 쓸쓸하게 사망한다. 김동인 선생은 1919년 일본 유학 중 동경에서 한국 최초의 문예동인지 《창조》를 간행하여 이 땅에 동인지 시대를 열었다. 창간호에 첫 단편소설 〈약한 자의 슬픔〉을 발표했는데 한국 최초의 리얼리즘 또는 자연주의 작품으로 알려진다. 선생은 한국 최초의 근대소설로 평가 받는 《무정》과 《개척자》 등을 쓴 이광수의 계몽주의 문학을 거부하고 인생 문제 등 소설 본연의 기능을 강조하는 사실주의 방식을 취한다. 1925년에 발표된 〈감자〉는 인간의 윤리 의식과 생존 문제를 다루는 작품으로 인성의 파괴를 다루는 문제 작품이며 1930년 9월부터 동아일보에 연재한 첫 번째 장편소설 《젊은 그들》을 발표하고 이 시기에 《대수양》 등 역사소설도 많이 창작했다. 1935년 월간 《야담》지를 발간하고 단편소설 〈광화사〉를 발표한다. 주요 작품으로 〈배따라기〉, 〈감자〉, 〈광염소나타〉, 〈발가락이 닮았다〉 등이 있다.

■ 방정환 동상

5월 5일이 어린이날이라는 것을 모르는 대한민국 사람들은 없을 것이

방정환 동상

다. 어린이들을 사랑하고 '어린이'라는 단어를 최초로 사용하고 '어린이날'을 제정한 방정환 선생의 동상이 이곳 어린이대공원에 있다. 방정환 선생이 동상은 야외무대 좌석 뒤편에서 어린이와 함께 무대를 바라보며 앉아 있다. 생전에 어린이들을 위해 헌신했던 그 모습 그대로 봄에서 가을까지 공연 날이면 객석에 가득 들어차 있을 관객을 내려다보는 위치인데 지금은 겨울이라 무대도 객석도 비워져 있다. 하지만 다시 가득 찰 무대를 생각해 본다. 선생의 저서로는 창작동화나 옛 이야기가 실린《사랑의 선물 1》, 외국동화를 번안한《사랑의 선물 2》그리고 대표 동요로는 〈귀뚜라미〉, 〈늙은 잠자리〉, 〈가을밤〉 등이 있다. 원래 소파 선생 동상은 색동회가 온 어린이의 정성을 모아 1971년 7월 23일 남산 기슭에 세웠다. 그 뒤 동상 옆에 있던 어린이회관이 딴 곳으로 감에 따라 어린이들과 가까운 곳을 찾아 1987년 5월 3일 이 자리로 옮겼다. 그러나 오랫동안 비바람과 거친 손길에 시달린 동상이 훼손된 것을 안타깝게 여겨 1995년 7월 2일 소년 한국일보가 전국 어린이로부터 10월짜리 동전 150만 개의 성금을 모아 본디 모습으로 되살렸다고 이곳 비문에 색동회 이름으로 새기고 있다. 소파 선생의 정신을 기리기 위해 1957년 소파상이 제정되었고, 1978년 금관문화훈장이 수여되었다.

■ 윤석중 노래비

아동문학가 윤석중 상

대공원 분수대에서 다시 아차산역 방향으로 가는 길이다. 돔 아트홀 부근 앞 노란 잔디에 윤석중 선생의 노래비가 서 있다. 사각의 몸통 위 둥근 모양의 대리석에 새겨진 〈새 나라의 어린이〉 노래비다. "새 나라의 어린이는 일찍 일어납니다."로 시작하는 노래는 선생이 광복을 맞은 날에 지은 첫 동요시라 한다. 윤석중 선생은 1911년 서울에서 태어났다. 14세 때인 1925년 동아일보 신춘문예에 동화극 〈올빼미눈〉이 선외가작으로 뽑히고 같은 해 《어린이》에 동요 〈오뚝이〉가 입선되면서 등단하게 되었다. 이후 월간 아동잡지인 《신소년》에 동요 〈봄〉이 입선되는 등 천재 소년 시인으로 불렸다. 1932년 《윤석중 동요집》, 1933년 《잃어버린 댕기》, 1946년 《초생달》, 1948년 《굴렁쇠》 등을 출간한다. 《소년조선일보》 편집고문으로 재직하면서 1956년 어린이 운동단체인 새싹회를 창립하고, 소파상, 장한 어머니상을 제정한다. 선생은 일생을 어린이를 위한 일과 어린이 사랑으로 살다간 시인이다.

■ 윤극영 노래비

　윤석중 선생 노래비에서 3~40m 거리에 윤극영 선생 노래비가 서 있다. 역시 잔디밭 위의 노래비다. 어린이들이 즐겨 부르던 〈반달〉이 검정색 바탕에 새겨져 있어 시선을 끌고 있다. "푸른 하늘 은하수 하얀 쪽배엔"으로 시작되는 노래로, 어린이는 물론 어른도 동심에 잠기게 하는 친근한 노래다. 선생은 일제강점기의 암울했던 시기, 동경에서 방정환 선생을 만나서 우리 민족 어린이들을 위해 노력할 것을 다짐하고 1923년 방정환 신생 등과 함께 '색동회'를 조직하고 '어린이날'을 제정했다. 1924년 〈설날〉과 〈반달〉을 작사·작곡하고 국내와 일본, 만주에 이르기까지 큰 호응을 얻는다. 1926년 만주 용정에 가서 그곳 동흥중학교 등에서 교편을 잡았고 윤석중 선생이 지은 〈우산 셋이 나란히〉 등에 작곡을 하고 〈고기잡이〉 등을 작사·작곡한다. 1957년 소파상, 1970년 국민훈장모란장을 수상하였고, 1988년 사망 했다.

■ 이원수 문학비

　도시에서 태어나고 자란 사람들은 잘 모르겠지만 시골 출신의 어른들은 고향이라는 향수를 한 편의 추억으로 안고 살아간다. 개울가에서 친구들과 물장구도 치고, 흙에 뒹굴며 놀고, 걸어서 들판을 지나 학교에 다니며, 봄이면 야생화와 함께 놀고, 가을이면 알밤과 잘 익은 감을 따 먹던 시절이 있었다. 그리고 보면 산과 들판의 자연이 자신들의 세상이던 때가 수시로 생각난다.

　백마고지 삼용사의 상을 나와서 바다 동물관, 애니 스토리를 지나고 생태연못이 있는 곳에서 어린이회관으로 넘어간다. 어린이회관 건물과 웨딩홀 사이 언덕에 이원수 문학비가 서 있다. 이곳 비문에서 어릴 때 고향의 추억을 떠올린다. 비문에 새겨진 것은 〈고향의 봄〉이다. 반갑고 정겹다. "나의 살던 고향은 꽃 피는 산골"로 시작되는 동시다. 이원수 선생은 1926년 《어린이》에 동요 〈고향의 봄〉이 당선되어 윤석중 선생 등과 함께 '기쁨사' 동인으로 작품 활동을 했다. 〈헌모자〉, 〈교문 밖에서〉, 〈보리방아 찧으며〉, 〈찔레꽃〉 등 동시와 최초의 장편동화 《숲속의 나라》, 《오월의 노래》 등을 지었다. 1970년 고마우신 선생님상, 1973년 한국문학상, 대한민국문화예술상, 1978년 예술원상(문학부문), 1980년 대한민국 문학상을 수상하였고, 1981년에 사망했다.

　사람은 자신이 관심이 있는 것만 보이고, 보고 싶은 것만 보인다. 아무리 좋은 것이 있어도 관심이 없으면 그냥 지나치게 된다. 내 주변을 돌아보면 모두 삶의 양식이자 나를 여기까지 이끌어 준 소중한 것들이다. 사람도 그러하고 자연도 그러하고 누군가 창조한 내용물도 그러하다. 아끼고 가꾸면서 사랑해야 할 대상이 수두룩하다는 이야기다. 여기 능동어린이대공원에서 보고 느끼고 생각하는 즐거움을 감상할 대상도 많지만 어린이와 나라를 생각하며, 나라를 잃은 아픈 시기에도 민족의 미래인 어린이들을 위한 노력에 일생을 바친 아동문학가들의 참 모습을 돌아보았다. 돌 하나에 새겨진 글로 그분들의 뜻을 모두 알고 이해할 수는 없다. 하지만 우리나라 말과 글을 빼앗긴 시대에도 어린이들을 위한 동시와 동요를 짓고 시를 지었다. 이제는 나라가 독립된 후 70년이 지났고, 3만 불 소득의 여유를 가진 시대가 되었다. 당시 어려운 환경에서도 어린이들을 사랑하고, 문학에 대한 열정으로 가득한 선각자들을 여기서 다시 만난 기쁨을 가진다. 시대가 변하여 글로 쓰인 문학뿐만 아니라 보고 즐길 수 있는 영역이 넘쳐나는 시대다. 하지만 활자로 된 글 한 줄이 사람들의 마음을 울리고 또 감동을 준다면 나름대로 역할이 충분하다고 본다. 글을 남기는 것은 한 시대의 역사를 남기는 것이다.

《인간과문학》 2018년 봄호

남현동 예술인 마을

‒ 서정주 시인, 황순원 소설가, 이원수 시인, 이해랑 연출가

사당역

남서울예술인마을
(남부순환로 20-20)

서울시립
남서울미술관

남현동 예술정원
(사당역 6번출구)

남현동공영주차장
(예술인아파트 옛터)

남태령비

사당
초등학교

봉산산방
(남부순환로 256나길4)

앙상한 나무들이 어느 틈에 꽃을 피우고 초록 옷으로 갈아입는다. 어느 틈에 꽃을 피우고 싱그러운 모습으로 되돌아오는 것을 보면서 자연법칙의 어김없는 순환을 실감하게 된다. 서울 둘레길을 답사하기 위하여 사당역에 내린다. 6번 출구에 남현동 예술정원이 보인다. 여기에 미당 서정주 시인, 이원수 시인, 소설가 황순원의 문학비도 보인다. 예술정원을 돌아보니 이곳 지도와 함께 과거 이곳에 둥지를 튼 예술인들의 면면들이 모습을 드러내고 있다. 오늘 남현동 예술인 마을의 과거와 현재의 모습을 살펴보고자 한다.

■ 남현동 예술인 마을 형성 역사

관악구청의 자료에 의하면 예술인 마을은 1967년 당시 한국예술문화단체 총연합회(당시 예총회장 이해랑)가 영등포구 사당리 일대의 서울시 소유 1만 4천 평의 숲지대와 3만 3천 평을 예술인 마을 공원 주택 단지로 조성하기 위하여 임대계약 후 '예술인 마을 추진위원회'를 구성하였다. 입주 자격은 한국예총 회원 중 예술계 종사 15년 이상 경력, 현금 1백만 원 이상 적금 보유자 3백 명에게 각각 1백 평씩 할당하여 개성 있는 양옥집을 건축 유도하였고, 1968년에 한국예총 산하 10개 단체에게 각각 20명씩 200가구 입주 계획을 수립하였다.

1969년 11월 25일 1,600평의 대지에 1백 세대를 수용할 수 있는 '예술인 아파트' 건립 기공식을 했으며, 단독주택도 대지 100평에 건평 20평의 주택 200동 건립 계획의 85%가 건립되었다. 건립 당시 단지의 둘레에만 울타리를 설치하고 각 집에는 울타리가 없는 '예술인 마을'을 지향하며 단지 내에는 감, 대추 등을 심어 계절별 자연 풍취를 느낄 수 있게 설계되었으나, 상수도와 전기 시설은 물론 교통편도 정비되지 않은 상태였다. 이후 예술인 아파트는 1971년도에 준공되었다. 이후 남부순환도로가 개통되고 나서 많은 예술인들이 떠나고 미당 서정주 시인, 양길순 무용가, 김수연 국악인 등이 남아 예술인 마을의 명맥을 유지하다가 2018년 정연두 미디어아티스트를 포함 남서울 예술인 마을(SSAV)에 예술가 약 14명이 거주 및 작품 활동 중이다.

남현동 예술정원

■ 남현동 예술정원

지하철 사당역 6번 출구를 나오면 맨 먼저 아담하게 꾸며진 남현동 예술정원을 볼 수 있다. 2019년 1월에 조성된 공원이다. 식재된 나무들과 조형물이 조화를 이룬 곳에 가로 벤치들이 놓여 있어 쉼터가 반가운 공원이다. 주위를 둘러보니 사람들이 휴식을 취하고 있는 이곳에 미당 서정주 시인의 〈신부〉, 아동문학가 이원수 시인의 〈겨울나무〉, 소설가 황순원의 〈소나기〉 문학비가 공원을 찾는 이의 눈길을 잡고 있다. 예술인 마을이 조성된 지 수십 년의 시간이 흐른 지금, 이곳을 터전으로 창작 활동을 하던 많은 분들은 이제 가고 없지만 1967년 당시 남현동 예술인 마을 조성 당시 함께 입주하여 이웃과 문학을 하는 도반으로 친분을 다졌던 문인들이 지금도 정담을 나누듯 함께하고 있어 다시금 당시의 모습을 회상하게 한다.

■ 서울시립 남서울미술관

남현동 예술정원의 서쪽 우리은행 옆에는 주위의 건축물과 다른, 근대 서양 건축물처럼 신고전주의적 양식으로 건축된 고풍스런 건물이 있다. 관악구 남부순환로 2076(남현동 1059-13)에 위치한 남서울미술관이다. 이곳 설명에 의하면 원래 이 건축물은 1905년 중구 회현동에 세워진 구 벨기에 영사관이었다. 건물을 온전하게 해체해서 재사용하는 데 한계가 있어 원 모습 그대로 복제하여 이축 복원이 이루어졌다고 한다. 지하 1층 지상 2층의 벽돌조 절충식 건물로 붉은 벽돌과 화강석을 혼용하여 지었다. 현관 앞 두 개의 돌기둥과 발코니에 길게 늘어서 있는 돌기둥은 고전주의적이다. 전면의 창 부분은 르네상스식 분위기를 띄우고 있으며 1층 주 거실에 위치한 원형 기둥은 로마시대부터 사용된 터스칸식 기둥이고, 2층 기둥은 이오니아 양식으로 되어 있는데, 건축물의 탁월한 예술적 가치로 사적 254호로 지정된 건물이다. 대한제국은 1901년 당시 영세 중립국이었던 벨기에와 마지막으로 외교관계를 수립하였다. 하지만 1910년 국권을 상실하고 나라가 수난을 당하자 영사관 기능을 잃고 일본 보험회사에 매각되었다가 해방 후 상업은행으로 사용되었다. 1982년 남현동 현 위치에 이전 상업은행 사적관으로 사용되는 곡절이 많았다. 2004년 서울시립 미술관 분관이 되면서 일반 시민들의 출입이 허용되었다.

■ 예술인 아파트

남현동 예술정원에 설치된 예술인 마을 탐방 길에 나선다. 남부순환로를 따라가다가 예촌공원 못 미쳐 예술인 아파트를 찾아보는데 건물이 없다. 한참을 헤매다가 인근 부동산에 들어가서 위치를 물어본다. 도로변에 수목 울타리가 설치되어 있고 길게 줄지어 늘어선 공영 주차장이 예전의 예술인 아파트 자리라고 한다. 참고로 예술인 아파트는 서울시와 예술가 단체가 예술인 아파트 단지로 조성한 곳이다. 1969년 11월에 대지 1,600평에 1백 세대를 수용할 수 있는 3동의 아파트

건립 기공식을 착공했고, 1971년도에 준공했는데, 5층 높이의 시민 아파트 3개동에는 당시 박암, 최은희, 이기동 등을 비롯해 예술가와 연예인 등 90여 세대가 거주했다고 한다. 지은 지 30년을 넘긴 아파트는 정밀 안전 진단 결과 노후 상태가 심각해서 2003년 7월초 철거되었고 이 자리에 도로 확장과 공영 주차장이 들어서게 되었다. 한 가지 아쉬운 점은 공영 주차장을 조성하면서 이곳이 예술인 아파트 자리였다는 표지석조차 세우지 않았다는 것이다. 시간이 가면 변하기 마련이지만 이곳이 예술인들의 삶과 애환이 깃든 마을이란 상징성이 있는 곳이니 지금이라도 작은 표지석 하나 설치해서 그 역사성을 부여했으면 하는 소박한 생각을 해 본다.

봉산산방

■ 봉산산방과 미당 서정주 시인

봉산산방은 미당 서정주 시인이 30여 년을 보낸 주거지이자 창작 산실이다. "한 송이의 국화꽃을 피우기 위해 봄부터 소쩍새는 그렇게 울었나 보다"로 시작하는 〈국화 옆에서〉의 시인 미당 서정주 시인을 찾아가는 길이다. 남현동 사당초등학교를 도로로 경계하여 있는 시인의 집을 방문하기 위해 한참을 걸어 올라간다. 드디어 도착한 '서울 미래 유산'이란 표지가 선명한 미당 서정주 시인의 집이다. 대문을 들어서는 쪽 벽에는 '서울특별시 영등포구 사당동 493번지 예술인 마을 A5의 15'라는 옛날 번지를 단 문패가 아직도 그 시절을 대변하고 있는 것 같다. 대문 안으로 들어서자 '봉산산방'이란 안내판이 있는 곳에 미당 시인이 정성을 들여 가꾼 흰 철쭉과 분홍 철쭉이 피어 있고, 단풍나무·소나무와 2층으로 된 양옥이 내방객을 맞이한다. 봉산산방峯蒜山房은 서정주 시인이 지은 이름으로, 쑥과 마늘의 집이라는 뜻이다. 봉산峯蒜은 곰이 쑥(봉蓬)과 마늘(산蒜)을 먹으면서 웅녀가 되었다는 우리 민족의 단군신화에서 따온 것이라 한다.

1층에 들어서자 그가 집을 지을 때 몸소 설계했던 평면도, 건축비 장부, 부부가 다정하게 마당 정원에 앉아 미소 짓는 사진이 정겹게 다가온다. 그리고 미당이 만년에 거동이 불편해서 지냈던 방에 시인이 즐겨 썼던 모자, 지팡이 등 유품과 넥타이, 두루마기 한복이 옷장에 걸려 있다. 2층 거실에는 미당의 흉상과 여권, 평소 쓰던 안경과 돋보기, 시계, 손톱깎이, 뿔나팔 등 미당 시인이 평소 사용했던 물품들이 전시되어 있다. 또한 시인이 펴낸 각종 시집들이 진열대에서 내방객의 눈길을 끌었고 2층 방에는 평소 집필하던 공간과 사진과 백자·도자기를 안고 있는 사진, 자신의 글씨를 새긴 백자·도자기 여러 점을 전시해 그가 평소 도자기를 얼마나 사랑했는지 알 수 있게 해 놓았다. 사진도 여러 점이 있다. 학창 시절과 결혼사진, 김동리 소설가, 천경자 화백과 황순원 소설가와 함께 웃고 있는 사진, 정원에서 꽃을 감상하고 그네에 앉은 모습, 그리고 가야금으로 마음을 달래는 사진 등 평소의 인품을 볼 수 있는 장면도 보인다.

미당은 이곳에서 1970년부터 2000년 12월까지 《질마재 신화》, 《떠돌이의 시》, 《팔 할이 바람》 등의 시집을 출간했으며 63년을 해로한 부인 방옥숙 여사가 작고하고, 두 달 후 성탄절 전야 세상을 떠났다. 서정시 〈국화 옆에서〉 등 한국을 대표하는 작품이 가장 많은 서정주 시인은 이 땅에서 85년간을 살면서 자신은 '아직 덜된 사람'이라는 겸손한 마음과 '영원히 소년이려는 마음'이 담긴 미당未堂이란 호를 사용했다.

■ 황순원 소설가

양평 소나기 마을에 문학관을 둔 황순원 소설가도 1970년대 이곳 남현동 예술인 마을에서 서정주 시인과 이원수·최순애 부부 시인과 한 이웃으로 교우하며 창작 활동을 했다. 어릴 때부터 신문에 동요와 시를 발표하기 시작했으며 주요 작품으로 〈소나기〉, 〈독 짓는 늙은이〉, 〈카인의 후예〉, 〈이리도〉, 〈물 한 모금〉, 〈내 고향 사람들〉, 〈일월〉,

〈마지막 잔〉 등의 단편소설과 《인간접목》, 《움직이는 성》, 《신들의 주사위》 등의 장편소설이 있다.

■ 이원수·최순애 아동문학가

한국의 대표적인 동요 〈고향의 봄〉과 〈오빠생각〉을 창작한 동요시인 이원수와 최순애는 일생의 반려자다. 이원수 시인은 경남 양산 출생으로 동요 〈고향의 봄〉, 〈헌 모자〉, 〈찔레꽃〉, 〈교문 밖에서〉 등을 쓴 아동문학가로 1926년 〈고향의 봄〉이 방정환이 운영하던 잡지 《어린이》에 당선되어 문단에 등단하였고 윤석중 등과 '기쁨사' 동인으로 작품 활동을 시작했다. 부인 최순애 시인은 1925년 12세 때 그의 친오빠인 최영주를 그리는 동시 〈오빠 생각〉을 잡지 《어린이》에 투고하여 입선하

이원수 문학비

게 되었다. 둘 관계의 인연은 잡지 《어린이》에 발표된 인연으로 시작되었다. 〈고향의 봄〉은 1926년 이원수 시인이 마산공립보통학교 5학년이던 때 발표되었고 〈오빠 생각〉은 1925년 11월에 발표되었다. 먼저 발표된 〈오빠 생각〉에 감동을 받은 이원수와 〈고향의 봄〉을 본 최순애 두 사람은 서신 교환을 하게 되었고 문학을 매개로 사랑하는 사이로 발전하게 되었다. 1935년 이원수와 혼담이 오가는 가운데 항일사상의 함안 독서회 사건이 발생했는데 1년 후 오빠 최영주의 주선으로 1936년 결혼에 성공하게 되어 마산 산호동에서 신혼살림을 꾸린다. 이후 함안 금융조합에 복직하였다가 서울로 올라온다.

6·25 전쟁과 1·4 후퇴의 혼란한 시기에 자녀들을 잃어버리는 아픔을 겪었다. 이러한 어려운 시절에 서로 사랑으로 감싸며 격려했던 두 사람이다. 이들 부부가 이곳 남현동에 둥지를 튼 곳은 당시 사당동 493번지 4호였다. 그러다가 주소가 484번지 8호로 바뀌고 다시 남현동 1071번지 8호 바뀌게 되었다. 1960년대 말에 예술인 마을이 조성되면서 1970년 답십리에서 이곳으로 이사 왔고 서정주 시인과는 바로 이웃에 있었다. 이 무렵 이원수 시인은 초대 아동문학협회장으로 있었고 이 집은 뜸부기의 집으로 최순애 시인은 뜸부기 할머니로 불리어졌다.

이후 이원수 시인은 1881년 별세 때까지 11년을 이 집에서 생활하면서 안정적인 생활을 누렸고, 최순애 시인은 1998년 6월 남편을 그리워하며 세상을 떠났다.

■ 이해랑 예술원 회장

1969년 관악산 아래의 능선, 황무지나 다름없던 곳에 서울시와 협력하여 예술인들의 창작 활동을 위한 남현동 예술인 마을을 조성한 주인공이다. 이해랑은 한국 연극계를 반석 위에 올려놓은 연극인, 연극 연출가, 영화감독, 대학교수, 국회의원을 지낸 인물이다.

연출작으로 《천사여 고향을 보라》, 《햄릿》, 《들오리》, 《황금연못》, 《뜨거운 양철 지붕 위의 고양이》 등 100여 편이 있으며 저서로는 수필집 《또 하나의 커튼 뒤의 인생》, 《허상과 진실》이 있다.

■ 남서울 예술인 마을(SSAV)

남부순환로 2020 건물에 남서울 예술인 마을(SSAV)이 위치해 있다. 한적하던 이곳도 50여 년의 시간이 흐르는 동안 사통팔달의 지하철과, 남부순환로 개설 등 교통의 발달과 주거지가 개발되어 땅값이 오르자 예술인들은 거의 떠나고 예술인 마을 조성 당시부터 거주하던 황용엽 화가, 박창돈 화가, 양길순 무용가 등으로 예술인 마을의 명맥이 유지되다가 정연두 미디어아티스트를 포함한 젊은 예술가 고재욱, 심아빈, 이종철, 김정모 등 14명이 새롭게 이주, 작품 활동을 이어가며 새로운 모습의 예술 공동체가 형성되었다.

오늘 답사한 남현동 예술인 마을은 관악산 자락의 사통팔달의 교통 요지에 자리 잡은 곳이다. 관악산은 경기 5악 중의 하나로 평가되는 수도 서울의 명산이다. 이런 관악산과 소가 평화롭게 누워 있는 우면 산을 사이에 두고 경기도 과천으로 넘어가는 고개인 남태령 즉 남현이 이곳에서 시작된다. 이 지역은 원래 사당리였으나 1980년 4월 1일 남부순환도로로 관악구와 동작구가 분리될 때 관악구로 남게 된 지역이며 남현동은 이곳 지명을 따다 붙인 이름이다.

　예술인 마을이 이곳에 조성된 일도 이곳을 유명하게 만드는 데 일조 했다 반세기 전, 어려운 시기에 이곳에 터를 잡고 문학 등 예술의 향기로 사람들 마음을 치유한 인물들, 그 인물들 대부분이 떠나고 없지만 지금도 예촌공원, 예촌길 등 정겨운 이름을 만날 수 있는 곳이다. 그들이 이곳에서 남긴 문학 등 예술 작품들은 오늘도 우리 곁에서 영원한 마음의 양식으로 자리매김하고 있다.

2022년 5월 2일

사육신과 충효忠孝길, 동작

－ 성삼문, 박팽년, 이개, 유응부, 하위지, 유성원, 정조, 노한, 심훈

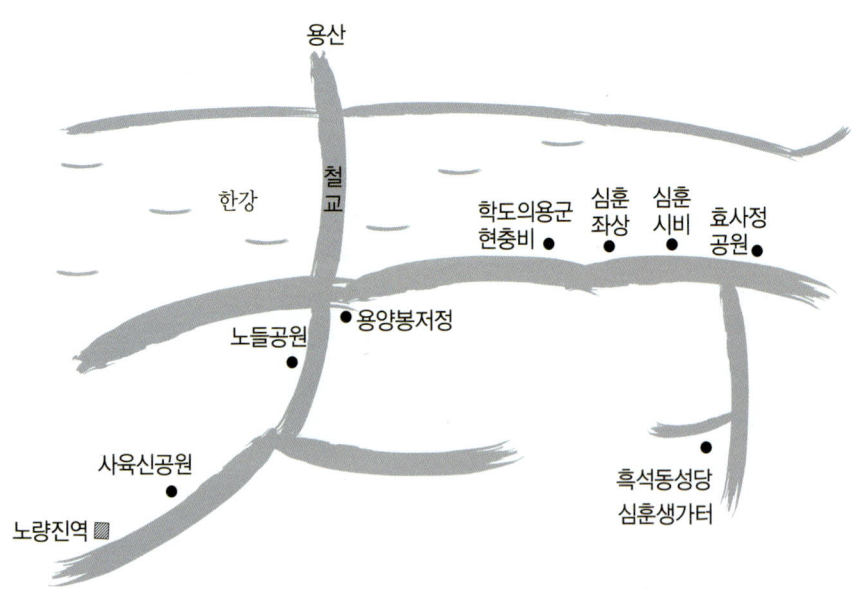

대한민국의 수도인 서울은 산세가 빼어난 명산과 큰 강이 조화를 이루고 있는 곳이다. 도심에서 한발만 벗어나면 아름다운 산이 있고, 한강이 한반도의 중심으로 우리 5천 년 역사의 축을 이루고 있는 곳이다. 수산시장과 수많은 학원들이 밀집한 노량진역에서 한강변을 거쳐 현충원까지 이어지는 충효길에는 조선 세조 때 불사이군不事二君의 충절로 단종 복위 운동을 하다 자신과 가족들의 목숨을 잃은 사육신역사공원, 정조 임금이 아버지 사도세자의 능 행차를 위해 거치던 용양봉저정, 노한의 효사정, 심훈의 시비 등이 위치한 곳이기도 하다.

충효란 국가에 충성하고 부모를 공경하는 사상이다. 충효는 중국의 영향으로 유교 문화가 한국에 도입된 봉건 왕조시대 이후 국가 통치 이념으로 발전된 사상이라 할 수 있다. 특히 조선이 유교를 중심 사상으로 500년 역사를 이루어 온 이면에는 이런 충효 사상이 근간으로 작용하였다고 생각된다. 노량진에서 국립현충원에 이르는 충효의 길, 추위가 가시지 않은 이른 봄의 길목에서 노량진역에서 가까이 위치한 사육신공원을 거쳐 한강변을 걸으며 이들의 학문과 충효가 무엇인지를 목숨으로 실천한 성현들의 자취를 살펴본다.

■ 불사이군不事二君, 충절忠節의 표상 사육신공원

공원 입구 홍살문을 지나고 사육신 묘 안내판이 마주한다. 조선 6대 임금 단종의 복위를 꾀하다 목숨을 잃은 사육신을 모신 곳으로, 사육신의 충절과 의기를 추모하고자 숙종 7년, 노량진 산 아래 민절서원을 세웠고, 정조 때 신도비를 세웠다 한다. 이후 1978년도에 묘역을 확장하고 현재의 불의문, 의절사, 홍살문, 비각을 세웠다.

두 임금을 섬기지 않는다는 불이문을 지나 단층으로 지어 사육신의 신위를 모신 의절사義節祠에 이른다. 사육신은 어린 단종 임금의 복위 운동을 하다 죽임을 당한 성상문, 박팽년, 이개, 하위지, 유성원, 유응부 등 6명의 신하를 말하는데 의절사에는 사육신 외 김문기를 포함 7인의 위패가 모셔져 있다. 조선조의 제4대 임금인 성군 세종의 뒤를 이은 문종이 2년 만에 세상을 뜨고 12세의 어린 나이인 단종이 1452년 왕위에 오른다. 이에 호시탐탐 왕위를 노리던 단종의 숙부인 수양대군이 1453년에 수하들과 모의하여 영의정인 김종서, 황보인 등을 참살하고 정권을 잡은 계유정난을 일으킨다. 수양대군은 실권을 잡은 지 2

불이문不二門

년 만인 1455년에 단종을 위협해 왕위에 오르고, 단종은 상왕으로 물러난다. 이에 의분을 품은 성삼문 등 많은 문신과 무신들이 단종 복위를 결의한다. 창덕궁의 명나라 사신 초대연의 자리에서 거사를 실행하기로 한 당일인 1456년 6월 1일 갑자기 연회 장소가 좁다는 이유로 세조 제거의 행동책을 맡았던 별운검(別雲劍: 임금의 신변을 호위하는 임무를 맡은 무신)이 철수되면서 무산된다. 이에 거사가 후일로 미뤄지자 일이 탄로 날까 두려운 변절자가 반역을 고변한다. 결국 사육신을 비롯한 많은 사람들이 국문을 당하고 군기시 앞에서 혹독한 형을 당하는데, 세조가 직접 국문할 때에는 박팽년, 성삼문, 이개, 하위지, 유응부 등이 인두로 살을 지지는 등의 고문에도 굴하지 않고 늠름한 태도로 수양대군의 왕위 찬탈을 매섭게 비난하다 참혹하게 죽음을 당한다. 그들의 시신은 세조에 대한 두려움 때문에 아무도 수습할 엄두를 내지 못해 저잣거리에 널브러져 있었는데 《금오신화》의 저자 매월당 김시습이 박팽년, 유응부, 성삼문 등 다섯 시신을 수습하여 노량진에 묻었다고 전한다. 여기 사육신공원 안내도에 따르면 박팽년, 성삼문, 유응부, 이개의 묘만 있었으나 하위지, 류성원, 김문기의 허묘도 함께 추봉하였다고 되어 있다.

한편 단종은 이듬해 6월 노산군으로 강등되어 영월로 유배된다. 청령포에 홍수가 나면 잠길 우려가 있어 영월 객사로 옮겨졌으나, 경상도 순흥부에서 금성대군 등이 주도한 단종 복위 운동이 사전 발각되자 세조는 동생인 금성대군 등을 죽이고, 조카인 단종도 1457년 10월 24일 사약을 내려 사사한다. 인의仁義를 기본 덕목으로 하여 유학을 신봉하는 왕조시대, 권력을 위해 어린 조카의 왕위를 찬탈하고 수많은 인명을 살상한 세조, 그도 사람이었다. 단종이 죽은 이듬해 봄 계룡산에 위치한 동학사에 초혼각을 세워 단종을 제사 지내도록 한다. 이후 조선 숙종 때에 이르러 국가에서 사육신 등 관련자들의 관직을 복관시키고 묘우廟宇를 만들어 제사 지내게 한다. 단종도 1698년(숙종 24년)에야 6대 왕으로 복위되어 묘호를 단종이라 했다. 영조는 이들에게 시호를 내리고 이조판서나 병조판서를 추증하며, 정조는 단종의 충신 어정배식록御定配食錄에 올리고 직접 제문을 지어 위로했다.

충효가 절대가치로 기본 덕목이던 그 시절, 어린 왕을 보위하기 위하여 자신은 물론 온 가족까지 멸문지화를 당하면서도 충의忠義를 다졌던 그 충忠이란 무엇인지 다시 생각한다. 의절사에 향을 올리며 참배하고 난 후 의절사 뒤편에 위치한 묘소를 돌아본다. 작은 봉분에 공경대부의 묘에 흔히 있는 비석이나 상석 문인석이나 무인석은커녕 이씨 지묘, 성씨 지묘, 유씨 지묘 등의 표지석에 좁고 얇은 상석만 쓸쓸하다. 다만 언덕 위에 샛노란 영춘화가 채 가시지도 않은 추위 속에 속도 없이 웃으며 봄을 몰고 왔다.

■ 사육신의 행적

성삼문

본관은 창녕, 호는 매죽헌이다. 시호는 忠文이며 저서로는 《매죽헌집梅竹軒集》이 있다. 충남 홍성 출신으로 부친은 도총관 성승이며 어머니는 현감 박첨의 딸이다. 세종 17년 생원시에 합격하고 1447년 문과중시에 장원으로 급제하여 집현전 학사로 세종의 지극한 총애를 받았고 훈민정음 반포에 크게 공헌하였다. 1455년 세조가 어린 조카인 단종에게 선위를 강요할 때 예방승지로 옥새를 끌어안고 통곡을 하니 세조가 노려보았다고 한다. 이후 아버지 성승의 지시에 따라 박팽년, 유응부, 허조, 권자신, 이개, 유성원 등을 포섭 단종 복위 운동을 계획하였는데 함께 모의했던 김질의 밀고로 모두 잡혀갔다. 세조가 불에 달군 쇠로 다리를 태우고 팔을 잘라내는 친국을 해도 세조의 불의를 나무라며 세조를 "나으리"라고 칭하면서 세종과 문종의 당부를 배신한 불충의 신숙주忠 등을 꾸짖었다. 형을 당한 후 집을 살펴보니 세조가 준 녹봉이 고스란히 쌓여 있을 뿐 가재도구라곤 아무것도 없었다고 한다. 이후 숙종 때 신원이 되고, 영조 때 이조판서에 추증되었다. 다음은 성삼문의 시조다.

이 몸이 죽어 가서 무엇이 될꼬 하니
봉래산 제일봉에 낙락장송 되었다가
백설이 만건곤할 제 독야청정하리라

박팽년

본관은 순천이며, 호는 취금헌, 시호는 충정忠正이다. 회덕 출신으로 부친은 문민공 박중림이고 어머니는 총제撼制를 지낸 김익생의 딸이다. 세종 14년 사마시에 합격, 생원이 되고 세종 16년(1434년) 알성문과에 급제하고 1447년 중시에 다시 급제하였다. 1454년(단종 2년) 형조참판이 되었다. 1455년 충청도 관찰사를 지냈다가 1456년 형조참판 중추원부사가 되었다. 성삼문 등과 함께 단종 복위 운동을 추진하였다. 세조가 박팽년의 재주를 사랑해 모의 사실만 숨기면 살려 주겠다고 했지만 자신은 단종의 신하이지 세조의 신하가 아니라며 단호히 거부하며 성삼문 등과 함께 혹독한 국문을 받아 옥중에서 죽었으나 다음날 다른 사람들과 능지처사 되었다. 숙종 때 관작이 회복되고 영조 때 이조판서에 증직되었다. 사육신공원의 육각형 시비에 새겨져 있는 박팽년의 시조 한 수를 살펴본다.

까마귀 눈 비 맞아 희는 듯 검노매라
야광명월이야 밤인 듯 어두우랴
님 향한 일편단심이야 고칠 줄이 있으랴

이개

본관은 한산, 호는 백옥헌이다. 고려삼은高麗三隱의 한 사람인 이색의 증손으로 시호는 충간忠簡이다. 1436년 세종 18년 친시문과에 급제하고 훈민정음의 제정에도 참여하였다. 1447년 중시문과에 을과 1등으로 급제, 1450년 문종이 어린 세자를 위해 서연을 열었는데 문종으로부터 세자를 잘 지도해 달라는 간곡한 부탁을 받았다. 1456년 집현전 부제학으로 임명되었는데 상왕의 복위 계획이 탄로 나서 성삼문, 박팽년 등 사육신을 비롯한 관련 인사들이 국문에서 거열형을 당했다. 이후 영조 때 이조판서에 추증되었다. 사육신공원에 새겨진 이개의 시조는 다음과 같다

窓 안에 켜진 燭불 눌과 離別 하였관대

겉으로 눔물지고 속 타는 줄 모르는고

저 燭불 날과 같아서 속 타는 줄 모르더라

유응부

본관은 기계, 호는 벽량碧粱으로 포천 출신이다. 시호는 충목忠穆이다. 무과에 급제하여 세종 30년 첨지중추원사, 1452년 의주목사를 거쳐 1455년에 판강계도호부사와 동지중추원사에 임명되었다. 성삼문 등과 단종 복위를 계획하였다가 형을 당했다. 세조가 국문장에서 달군 쇠를 기저와 배 밑을 지지게 하니 기름과 불이 이글이글 타올라도 얼굴빛 하나 변하지 않고 "이 쇠가 식었으니 다시 달구어 오라"고 하며 굴복하지 아니하고 죽었다고 한다. 사생활이 지극히 청렴해서 반찬 없는 밥을 먹었고 거적자리로 방문을 가렸다고 전한다. 숙종 때 관작을 추복시키고 영조 때 병조판서에 추증되었다. 다음은 유응부의 시조다.

간밤에 불던 바람에 눈서리 치단말가

낙락장송이 다 기울어 가노매라

하물며 못 다 핀 꽃이야 일러 무엇 하리오

하위지

본관은 진주이며 호는 단계, 적촌으로 선산 출신이다. 아버지는 군수 하담이며 어머니는 유면의 딸이다. 시호는 충렬忠烈이다. 세종 17년 생원시에 합격하고 1438년(세종 20년) 식년문과에 장원으로 급제했다. 집현전 부제학과 예조참판에 임명되었으나 성삼문과 함께 거열형을 당하고,

어린 두 아들들도 당당하게 죽음을 맞이했다고 한다. 후에 이조판서에 추증되었다. 사육신공원에 한문으로 새겨진 詩碑 내용은 다음과 같다.

南兒의 得失이 예나 지금이나 같도다
頭上에는 分明히 白日이 臨하였네
五湖에 안개 끼고 비 내리면 좋게 서로 찾으리

유성원

본관은 문화, 호는 낭간琅玕이며 시호는 충경忠景이다. 세종 26년 (1444년) 식년문과에 급제하여 1446년에 박사, 1447년에 문과중시에 급제하였다. 1450년 문종이 어린 왕세자를 잘 지도해 달라는 간곡한 부탁을 받고 지평을 거쳐 춘추관기주관, 직접현전 등을 역임했는데 단종 복위 운동에 의해 다른 사육신들이 모진 고문을 당할 때 자결했다. 숙종 때 관작이 추복되고 후에 이조판서로 추증되었다.

■ 노들나루공원

노량진역에서 사육신공원을 지나고 근접 거리에 노들나루공원이 있다. 옛날 노량진 수원지를 폐쇄하고 그 자리에 조성된 공원으로 원형트랙 부근에 6·25 한강전투 기념비가 서 있다. 북한군이 남침한 6·25 전쟁 당시 1950년 6월 28일부터 7월 3일까지 6일간 북한군의 한강 이남으로의 진출을 저지하였다. 이로 인해 초기 한국 방어에 대한 시간을 획득하고, 유엔군의 참전을 할 수 있는 여유와 국군의 재편성을 위한 시간을 가질 수 있게 한 주요한 전투였으며 역사적으로도 큰 의의를 가져 이를 기념하기 위한 전적비戰蹟碑다. 나라가 위급할 때 목숨을 바쳐 조국을 수호한 국군 전사자들의 명단을 새겨 그들의 공훈을 기리고 있다. 오늘의 대한민국은 그들의 피가 이룩한 결정체이자 원동력, 그 자체라 할 수 있다.

■ 정주와 용양봉저정

정조

정조는 22대 조선 국왕이다. 정조 임금은 영·정조시대의 문화를 꽃피운 군주로 알려진다. 그는 특히 《홍제전서》라는 100권의 책을 저술한 뛰어난 왕일뿐만 아니라 효성이 지극한 왕이었다. 사람이 태어나서 한 권의 책도 내기 어려운 마당에 한 나라의 왕으로서 수많은 업무에도 불구하고 초인적인 노력으로 세손 때부터 왕으로 재위하면서 손수 지은 시와 책의 서문 등 쓴 글을 모아 1799년부터 편집하기 시작하여 정조 사후인 1814년 184권卷 100책冊을 정리자整理字로 간행한 위대한 저술가였다. 정조는 즉위하자 규장각을 설치하여 문화 진흥에 심혈을 쏟아 후기 문화의 황금시대를 도모하였다.

정조는 즉위 후 아버지 사도세자를 장헌세자로 추존하고, 무덤도 수은묘에서 영우원으로, 사당도 수은묘에서 경모궁으로 하였다. 그로부터 다시 13년 후 아버지의 묘를 양주에서 수원 화산으로 옮겨 능호를 현릉원으로 격상하고, 명복을 빌기 위해 용주사를 창건하는 등 효성이 지극하였다.

용양봉저정

노들나루공원 동쪽에 용양봉저정이란 건물이 서 있다. 이곳은 조선 정조가 아버지인 수원의 사도세자 능을 참배하기 위해 배다리로 한강을 건넌 후 잠시 머물러 휴식을 취하던 행궁이다. 지금은 규모가 작은 전각 한 채에 불과하지만 당시에는 상당한 규모였음을 기록으로 알 수 있다. 정조는 재위 중 모두 13회의 화성 능 행차를 했는데 그중 가장 규모가 큰 행사는 1795년 음력 2월 8일부터 8일간 거행된 을묘능행이었다. 또한 능 행차 중 가장 장중하고 각별한 의미를 갖는다. 모두 1,779명과 800여 필의 말이 수행한 이 행차는 당일 창덕궁에서 출발하여 돈화문에서 어머니 혜경궁 홍씨를 맞이하고 한강을 배다리로 건

용왕봉저정

너서 이곳에서 점심식사를 하고 시흥 행궁에서 하룻밤을 지내고 화성 행궁에 도착하였다. 당시 능 행차의 모습을 그림으로 상세하게 그렸는데 용양봉저정 안에는 당시 능행도를 전시해 놓고 있다. 그림 솜씨가 빼어나게 아름다울 뿐 아니라 행차 내용을 아주 정교하면서도 생동감 넘치게 그렸다. 한 폭의 그림도 이렇게 장엄한데 실제로 본다면 기치창검이 빛나는 행사가 얼마나 아름답고 장엄할 것인가. 당시는 볼 거리가 별로 없던 시절이었으니 수백 미터에 이르는 왕의 행차는 대단한 구경거리였다. 한강을 가로지르는 주교다리를 건너서 용양봉저정에 이르는, 약 1,800명이 수행하는 왕의 능 행차가 얼마나 볼 만했는지 주변 산에는 이를 구경하는 인파들이 가득하였다고 전한다.

■ 노한과 효사정

용양봉저정을 지나고 반포 방면으로 가는 좌측 방향 길의 약 1km 내외 지점에 위치한 육교를 건너서 보면 한강변 높은 언덕에 효사정이 위치해 있다. 한강이 굽이 흘러내려 펼쳐진 언덕 위에 서 있는 효사정은 조선 초기 문신으로 한성부윤과 우의정을 지낸 노한이 지은 정자이다. 효사정이 위치한 곳에 올라서 노한과 효사정에 관한 이야기를 살펴본다.

노한盧閈
노한(1376~1443)은 고려 말에 태어나 조선 초기에 활동한 문신이다.

호號가 효사당孝思堂으로, 시호는 공숙恭肅이다. 1391년 16세로 음보로 등용되어 1403년(태종 3년) 때 좌부승지, 다음해 경기도 관찰사, 1408년 한성부윤이 되었다. 태종과는 동서지간으로 처남 민무질 형제 사건 때 파직되었으나 이후 다시 한성부윤에 복관되었고 대사헌과 우의정을 지냈다.

효사정孝思亭

서울을 가로질러 유유히 흐르는 한강과 한강 북쪽의 전경을 한눈에 볼 수 있는 뛰어난 명소에 효사정이란 정면 3칸 측면 2칸의 정자가 서 있다. 비록 터가 넓지는 않지만 한강과 서울 시가지를 조망할 수 있는 최적의 위치에 있다. 자동차가 물결을 이루는 현대 문명과 어우러진 서울의 아름다운 풍광을 보면서 지난날의 효孝와 오늘의 효孝가 무엇인

효사정

지를 생각하게 하는 곳이다. 효사정이란 이름은 노한의 동서지간인 호조참판 강석덕이 지었다고 한다. 여기 현장 안내판에 의하면 공숙공 노한은 1439년 어머니인 개성왕씨대부인이 별세하자 선영에 예로 장사지내고 묘 옆에 초막을 지어 3년 동안 시묘하고서도 서러워서 그곳을 떠나지 못하였다. 그 자리에 별장을 지어 일생을 살면서 등을 밝혀 추모하고 자신도 이곳에 묻어 달라고 하였다. 묘지 북쪽 깎아지른 언덕 위에 정자를 세우고 때때로 올라 어머니를 생각하고 북쪽 개성 아버지의 묘소를 바라보며 효성을 다하지 못한 것을 슬퍼하였다. 오늘의 효사정은 조선 성종 때 헐린 정자를 1993년에 다시 세운 것인데 세월이 흐르고 지형도 많이 변형되어 당시 정자 터를 찾을 수 없어 현 위치에 건립한 것이라 한다. 정자의 건물에 부착된 '효사정孝思亭'이란 현판은 충숙공 노한의 17대손인 노태우 대통령의 친필이다.

■ 학도 의용군 현충비

효사정 가기 전 도로 공원에 학도 의용군 현충비가 서 있다. 북한군의 침략으로 일어난 6·25 전쟁 때 풍전등화의 위기인 조국을 구하고자 30만 명의 학생들이 책을 버리고 전쟁에 참여했고, 5만여 명은 직접 전투에 참가했다. 전쟁에 참여하여 산화한 학생들을 기리기 위해 이곳에 세운 현충비가 한 시대의 역사를 대변하고 있다.

■ 심훈 시인

효사정에 오르기 전, 한강변 보도에 1920~30년대 시인이자 소설가
이며 독립운동가, 영화인이기도 한 심훈의 좌상이 긴 의자에 앉아 있고
그의 시비가 여럿 서 있다. 그리고 도로 벽면에는 동작구에서 설치한
심훈의 일대기가 쓰여 있다. 이를 참고하면 심훈은 1901년 동작구 흑
석동에서 아버지 심상정과 어머니 해평 윤씨 사이에서 3남 1녀 중 3남
으로 태어났다. 본명은 심대섭이며 호는 해평이다. 1915년 서울 교동
보통학교를 졸업 후 경성고등보통학교에 입학했다. 4학년 때 항일 3·1
독립운동에 참가하여 3월에 투옥되었다가 11월에 석방되었다. 1920
년 중국으로 망명, 항주의 저강대학에 입학하였으나 1923년 중퇴하
고 귀국 후 동아일보·조선일보 기자 및 학예부장으로 근무했다. 이 시
기에 《여인의 한》이란 외국 장편소설의 후반부를 번안, 연재하고, 영화
《장한몽》의 주인공 이수일 역의 후반부 대역도 했다. 1926년에는 최
초의 영화소설 《탈춤》을 동아일보에 게재하고, 1927년에 식민지 현실
을 다루었던 영화 《먼동이 틀 때》를 직접 원작·각색·감독하여 단성사
에서 개봉하여 성공했다. 1930년에 시 〈그날이 오면〉, 1931년 장편
소설 《불사조》를 발표했다. 1932년 당진으로 귀향하여 작품 활동에 전
념, 1933년 봄의 서곡 《영원의 미소》, 1933년 《직녀성》을 조선중앙일
보에 연재했다. 1935년 장편소설 《상록수》가 동아일보 창간 15주년
기념 특별공모에 당선 연재되었다. 그의 작품에는 시 〈그날이 오면〉에
서 보듯 일제의 암흑시대를 힘겹게 살아온 지식인으로서 민족주의와
저항의식 그리고 소설 《상록수》에서 보여준 농촌의 계몽정신과 휴머니

즘이 기본정신으로 통하고 있는데, 향년 36세의 아까운 나이에 장티푸스로 사망했다. 심훈의 생가 터는 흑석동 성당 입구에 표지석으로 남아 있다.

오늘 충효의 길을 걸으면서 국토 어느 곳이나 우리 선조들이 터를 잡고 살아온 역사가 숨 쉬고 있음을 깨닫게 된다. 어린 단종을 위해 죽음을 불사하면서 불의에 항거한 선비들의 기개와 6·25 전쟁 때 산화한 선열들의 이픔, 정조 임금의 지극한 효심과 효사정을 세우며 부모에 대한 노한의 효심, 심훈 작가의 농촌 사랑과 일제 암흑기 시절에도 굴하지 않는 창작 정신 등을 보게 되었다. 나라가 어렵고 위기에 처했을 때도 선각자들은 오직 나라 사랑과 학문의 정진에 혼신을 다했음을 충효 길에서 실감한다.

《인간과문학》 2021년 봄호

일자산의 맥, 송파와 강동
- 시인 김기림, 김광균, 윤곤강, 이상, 소설가 방기환, 임옥인, 둔촌 이집

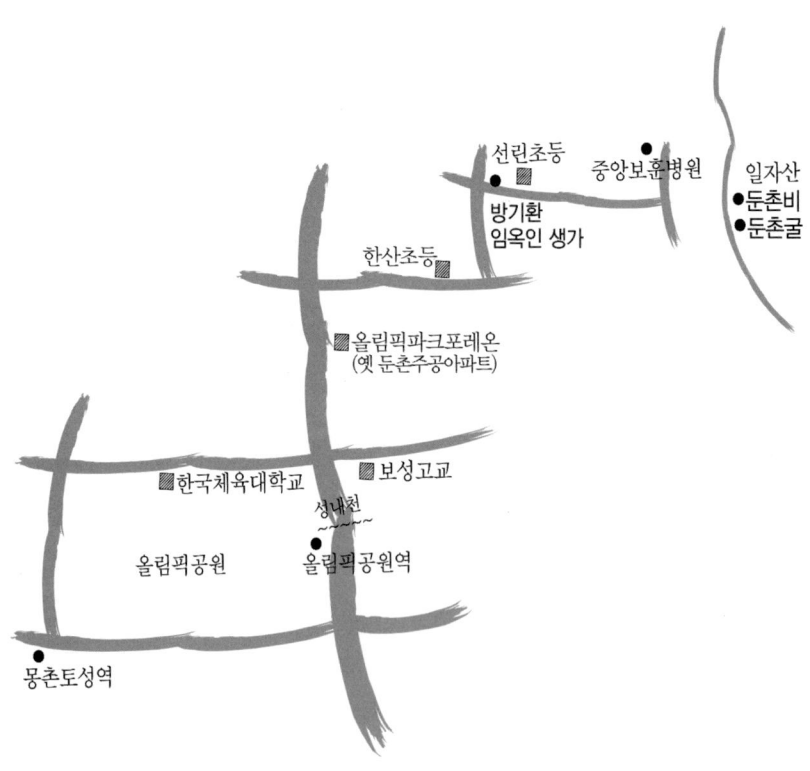

선린초등
중앙보훈병원
일자산
●둔촌비
●둔촌굴
방기환
임옥인 생가
한산초등
올림픽파크포레온
(옛 둔촌주공아파트)
한국체육대학교
보성고교
성내천
올림픽공원
올림픽공원역
몽촌토성역

서울 도심에서 한강 남쪽으로 새롭게 조성된 계획도시 잠실벌로 시야를 넓힌다. 지하철 8호선 몽촌토성역에서 내려 올림픽공원으로 갔다. 불과 수십 년 사이 세상이 변할 만큼의 눈부신 발전을 이룩한 잠실벌이지만 그 역사의 뿌리는 깊었다. 이곳은 500년 동안 한성백제의 수도로서 왕궁이 위치했던 역사 유적지다. 먼저 세계평화의 문 그 위용이 선명하게 다가온다.

■ 올림픽공원

지금부터 30년 전인 1988년 9월 18일부터 10월 2일까지, 잠실벌은 온통 국제적인 축제 분위기였다. 우리 역사상 처음으로 개최한, 제24회 서울세계올림픽대회가 이곳에서 개최되었기 때문이다.

세계평화의 문

가진 것이라곤 전쟁의 폐허와 가난뿐이던 나라가 단시간에 경이적인 발전을 하고 세계올림픽경기를 개최한 나라, 신흥국 대한민국은 이 대회를 통해서 우리의 발전상 그리고 문화와 전통을 세계에 알리는 중요한 계기가 되었다. 그때 올림픽 경기를 통하여 세계 4위라는 경이적인 기록을 수립하였던 감격이 생생한데, 평화의 문에는 지금도 그때 성화의 불꽃이 보존되어 끊임없이 타오르고 있다. 그 당시 대회를 개최했던 수영장, 체조경기장, 핸드볼 경기장 등의 시설물과 넓은 공원은 30여 년이 지나 이제 성숙한 청년의 모습으로 그 자리를 지키며 사람들의 사랑을 한 몸에 받고 있다.

지금은 가을, 하얀 구절초가 웃고 산수유 열매가 햇볕과 함께 붉은 빛으로 무르익어가는, 더 없이 좋은 계절이다. 당시 지구촌에서 모여든 젊은이들이 정정당당하게 경기를 하던 곳은 추억 속에 묻혀 있는데 지금은 아름다운 수목들이 잘 어우러진 넓은 공원에, 수많은 사람들이 찾아와 휴식을 취하고, 각종 조각품들을 감상하며 행복한 시간을 보내는 정경들이 펼쳐지고 있다. 이곳에 위치한 한성백제박물관, 몽촌역사관은 이 지역의 역사와 문물을 전시 보존하고 있으며 소마미술관과 공원 내 설치된 세자르의 엄지손가락 등 각종 조형물은 공원과 조화를 이루는 예술의 꽃으로 그 존재감을 더하고 있다.

■ 보성고등학교

남한산성에서 발원하여 공원 옆으로 흐르는 성내천에는 팔뚝만 한 잉

어들이 자유롭게 유영한다. 한없이 평화롭다. 성내천을 지나면, 각종 올림픽대회에서 수많은 메달을 가져온 청년 학생들의 요람, 한국체육대학교가 있다. 보성고등학교는 이 학교 건너편 남측에 있는데, 정문을 들어서자 교정의 아름다운 소나무들과 종각이 시야에 먼저 들어온다. 1906년 이용익 선생이 고종 황제로부터 '보성'이라는 교명을 하사받아 설립한 보성고등학교는 112년의 오랜 역사를 가진 학교다. 입구에서 건물 쪽으로 오르니 '보성각'이라는 종각과 종鐘이 있다. 학교 교목인 소나무들이 푸르고 늠름한 기상으로 건물과 잘 어울려 한 폭의 그림 같은 조화를 이룬다.

보성은 민족 자주 독립운동의 산실이었다. 설명에 의하면 33인의 대표인 손병희 선생은 당시 교주校主이고, 최린 선생은 교장校長, 현상윤, 송계백 선생은 모두 보성 출신으로 3·1 독립운동의 주요한 역할을 한 핵심 인물이다. 이종일 선생은 3·1 독립선언서를 인쇄한 보성사의 사장이자 33인의 한 분이었고, 3·1 운동의 중심 무대가 보성이었다. 또한 당시 시위를 주도한 김도연 등 보성인들이 운동 대열의 선두에서 펼친 3·1 운동의 위업을 영원히 기리고 알리기 위해 개교 80주년에 3·1 운동 기념의 보성종普成鐘을 주조한다고 알리고 있다. 보성고등학교 교정에는 간송 전형필 선생의 동상이 세워져 있으며, 김기림·김광균·이상 그리고 윤곤강 시인의 문학비가 시공을 초월하여 문학의 향기를 전해 주면서 학생들은 물론 찾아오는 사람들을 허물없이 맞이한다. 일제강점기의 암울한 시기에 태어나서 나라를 잃은 민족의 아픔을 몸소 겪으면서 문학으로 어려운 현실을 극복해 간 이들의 발자취를 더듬어 본다.

김기림 시비

김기림 시인

보성고 교정 후원에 위치한 김기림 시비에 그의 대표작 〈바다와 나비〉가 새겨져 있다. 높이가 50㎝도 되지 않는 아담한 시비에 아래와 같이 새겨져 있다.

> 아모도 그에게 水深을 알려준 일이 없기에/흰 나비는 도모지 바다가 무섭지 않다//靑무우 밭인가 해서 나려 갔다가는/ 어린 날개가 물결에 저러서/ 공주처럼 지쳐서 도라온다// 三月달 바다가 꽃이 피지 않아서 서거푼/ 나비 허리에 새파란 초생달이 시리다.
>
> - 김기림, 〈바다와 나비〉 전문

깊이를 알 수 없는 거대한 바다와 작고 여려서 위험성을 모르는 나비의 대비가 선명한 시다. 청무 밭과 공주의 대비도 바다의 위험을 내포한 겉모습과 순진함의 대비가 되는 모습이다. 또한 '바다'와 '나비'는 선명한 시각적 이미지를 나타내고 있다. 검정색 사각의 비碑 후면에 새겨진 약력에 의하면 김기림 시인은 1908년 함북 성진 출생이다. 1921년 보성고등보통학교에 입학한 후 일본 동북대학을 졸업했다. 조선일보 학예부장을 역임했고 1950년 납북되었다. 그가 납북되기 전까지 서울대 사범대학, 연세대, 동국대, 중앙대에서 강의를 했고, 주요 시집으로 《태양의 풍속》, 《기상도》, 《바다와 나비》, 《새 노래》 외에 《새로운 시론》 등 평론집이 다수 있는 것으로 기록되어 있다.

김광균 시인

김기림 시인의 시비와 몇 미터 거리를 사이에 두고 김광균 시인의 시비가 세워져 있다. 백색 돌에 새겨진 그의 시 〈와사등〉이다. 시비도 크고 작은 두 개의 돌을 세워 만든 작품으로 조화와 균형의 미를 창출하고 있다. 김광균 시인은 일제강점기 시절인 1914년 경기도 개성에서 출생했다. 1926년 불과 13세의 어린 나이에 〈가신 누님〉을 중외일보에 발표하였고, 1930년 동아일보에 〈야경차〉를 발표하였다. 1938년 조선일보 신춘문예에 〈설야〉가 당선되어 시단에서의 확고한 위상을 확보하게 되었고, 1939년에 시집 《와사등》을 낭만서점에서 출판하였다. 1947년에 시집 《기항지》를 출간하고, 1957년 시집 《황혼가》를 출간한다. 1985년에 문집 《와우산》을, 1986년도에 《추풍귀우》를 출간한다. 1993년에 시집 《임진화》를 범양사에서 출간하고, 1993년 11월에 별세한 시인이자 기업인이었다.

윤곤강 시인

보성고 교정으로 향하는 언덕길을 지나서 교사 사이에 반달 모양의 시비가 있다. 하얀 돌에 새겨진 〈잉경〉이란 시다. 윤곤강 시인은 1911년 충남 서산에서 출생했고 1950년 사망했다. 본명은 윤붕원이며 곤강崑

崗은 그의 호다. 1928년 보성고등보통학교를, 1933년 일본 센슈대학을 졸업했다. 그는 귀국과 동시에 카프(조선플로레타리아예술가동맹)에 가담했다가 체포되어 옥고를 겪었다. 카프는 에스페란토로 'Korea Artista Proleta Federacio'의 첫 머리글자를 딴 것이다. 1939년에 '시학' 동인으로 활약했고, 일제의 징용을 피하기 위해 낙향하여 면서기로 근무하기도 했다. 조국 광복 후 상경하여 보성고등학교 교사로 근무하였고 조선문학가동맹에 가입해 활동하다가 1948년 중앙대학교 및 성균관대학교에서 강의했다. 시집은 첫 번째 《대지》를 비롯해 《만가》, 《동물 시집》, 《빙화》, 《피리》, 《살어리》 등이다. 시론으로 〈포에지에 대하여〉, 〈현 조선의 시문학〉, 〈시와 현실의 상극〉 등이 있고, 평론집으로는 정음사에서 간행한 《시와 진실》이 있다.

이상 시인

윤곤강 시인의 시비와는 지척 간에 위치한 이상 시인이자 소설가의 문학비가 있다. 1926년 보성고 17회 졸업생인 이상 시인의 문학비가 교문에서 교정으로 똑바로 오르는 길 왼편에 검은색으로 누워 있다. 문학비에는 그의 대표작 〈오감도〉가 새겨져 있고 옆에는 그의 연혁이 함께 누워 있다. 27세의 짧은 생애를 어렵고 힘들게 생활하면서도 문학에 대한 열정으로 수많은 명작품을 남겼던 그가 자신의 모교에 자신의 문학비가 세워질 줄 미리 알고 있었을까. 문학의 힘이 얼마나 위대한 것인지 여기 보성고 교정에서 알 수 있을 듯하다. 그는 1910년 서울 사직동에서 태어나 1937년 사망했다. 이상의 본명은 김해경이다. 그는 일제의 암흑기 시대에 태어나 시·소설·수필 등 다양한 장르에 걸쳐 왕성한 창작 활동을 한 대표적인 작가다. 그는 초현실주의적인 시인이자 1930년대 모더니즘의 특성을 보여준다. 그의 시 〈오감도〉는 한국시의 주지적인 변화와 함께 일상의 논리적인 사유로는 이해하기 힘든 현대시의 새로운 경지를 도입하는 계기가 되었다.

■ 방기환·임옥인 부부 소설가

사람이 거주하는 집도 사랑을 먹고 산다. 시간의 무상함은 사람이나 생명체들은 물론 각종 구조물 등 어느 것이나 늙어가는 데는 예외가 없음을 말해 준다. 강동구 둔촌동 현대4차아파트에서 선린초등학교 사이 움푹 들어간 곳의 낡은 기와집과 2층의 붉은 벽돌집이 있었다. 강동구 진황도로61길 13이다. 보훈중앙병원 들어가는 길 좌측에 낡을 대로 낡은 붉은 벽돌집이 옛날 소설가 방기환과 소설가 임옥인이 거주하던 집

소설가 방기환 · 임옥인 옛집

이다. 붉은 2층 벽돌집, 당시에는 최신식 건물이었을 이곳도 지금은 헐리고 그 자리에는 빌딩이 들어서 있다. 예전 이 일대는 넉넉하고 평화로운 서울 교외 농촌이었다. 방기환, 임옥인 부부는 문인들을 초대하여 담론을 나누고 친목을 다졌을 것이다. 하지만 지금은 주변 아파트와 건물들이 들어서서 그 시절이 그리워 보인다. 그들이 살던 집은 음식점으로 변했다가 그것마저 낡아서 철거되었다. 주인이 가고 없으니 집도 그렇게 사라지는 것이다. 이런 곳에 행정관청에서나마 이들 소설가 부부가 문학 창작을 했다는 흔적으로 작은 표지석 하나쯤이라도 설치하는 배려가 있었으면 하는 아쉬움이 남는다.

아동문학가·소설가 방기환

소설가 방기환은 1923년 서울에서 출생하여 1993년에 별세했다. 그는 1943년 철도 종업원 양성소와 1948년 서울대학교 사범대학 중등교원 양성소를 수료했다. 1944년 극단 청춘좌의 현상모집에 희곡이 당선되어 문단에 등단했다. 1947년 아동지 《소년》을 창간하였고 장편소설 《꽃필 때까지》를 연재 발표했다. 1952년 첫 소설집 《동첩》을 냈다. 1954년 《파괴》, 1956년 《뚜껑 없는 화물열차》 등을 발표했다. 그는 역사소설도 창작하여 《왕손》, 《단종역란》, 《수양대군》, 《남이장군》, 《후궁의 일월》 등도 발표했다. 소년소설로는 〈잃어버린 구슬〉, 〈웃지 않는 아이〉, 〈꽃바람 부는 집〉 등이 있고 《나비의 집》은 그의 유일한 동화집이다. 그의 작품은 가뭄과 태풍에도 굴하지 않고 온 가을에 영그는 과일처럼 알알이 열려 쏟아지듯 다수의 작품을 발표했다. 이와 같은 결실들이 글을 쓰는 문학인의 즐거움이자 기쁨이었을 것이다. 더구나 부부가 함께 글을 쓰는 문인이었으니 평생을 동반자로서 기쁨도 누렸으리라. 그의 소설은 치밀한 구성과 섬세한 묘사를 구사하여 독자가 책을 놓지 못하도록 하는 즐거움, 긴장감을 갖도록 하면서도 인간애를 느낄 수 있도록 하여 갈등을 해소하려 했다. 소설가 임옥인은 그의 부인이다.

소설가 임옥인

소설가 임옥인은 1915년 함북 길주에서 출생하여 1995년에 별세했다. 1940년《문장》에 〈봉선화〉, 〈고영〉, 〈후처기〉를 추천 받아 문단에 등단하였다. 1946년 월남 후《부이신보》, 《부인경향》 편집장을 하면서 단편소설 〈수원〉, 〈나그네〉, 〈낙과〉 등을 썼다. 이후 장편소설《그리운 지대》, 《월남 전후》, 《힘의 서정》 등을 썼다. 소설집《후처기》, 《일상의 모험》, 《젊은 설계도》 등과 수필집《지하수》 등을 간행했다. 그는 생명 본연의 문제를 폭 넓고 다양하게 그린 작가이다. 주요 경력으로는 미국 공보원 번역관, 이화여대, 덕성여대, 건국대 강사와 교수를 역임했으며 건국대에서는 여자대학장, 가정대학장을 지냈고 한국여류문학가협회 회장을 역임했다.

■ 둔촌 이집 선생

푸른 숲은 언제 보아도 사람들의 마음을 편안하게 하면서도 넉넉하고 시원하게 해준다. 강동과 하남시의 경계를 이루고 있으며 서울 둘레길이기도 한 일자산으로 향하는 길이다. 방기환·임옥인 소설가의 고옥을

둔촌선생유훈비

뒤로 하고 보훈중앙병원을 지나 건너편 숲으로 향한다. 몇 년 전 태풍 루사에 의해 나무들이 뽑히고 넘어져서 휑하던 등산로에 길이 어두울 정도로 다시 나무들이 무성하다. 몇 년 동안 정성을 들여 심은 나무들이 무럭무럭 자라나서 멋진 숲으로 재탄생했다.

일자산에는 고려 말 문인이자 학자인 둔촌 이집 선생의 흔적이 서려 있다. 선생은 문과에 급제한 후 정몽주·이색 등 당대의 명망 높은 학자들과 교유하였고 특히 시에 뛰어났다. 오늘날 둔촌동은 그의 호 둔촌遁村에서 유래되었다고 한다. 그의 본관은 광주이며 본명은 원령이다. 공민왕 때 신돈을 논박하다 미움을 받자 늙은 아버지를 업고 밤낮으로 달려 생명의 은인인 경북 영천 북안의 최원도 선생 집으로 피신하여 3년을 지낸 후 신돈이 죽자 개경으로 돌아와 판전교시사에 임명되었으나 사직하고 자신의 이름을 집으로, 호를 둔촌으로 하였다. 둔촌 선생의 친구 최원도 선생은 둔촌의 부친이 죽자 자신의 묘 자리까지 양보하여 광주 이씨 시조인 이당을 모시게 했다. 멸문지화의 위험에도 불구하고 친구와의 우정이 무엇인지 보여주는 사례다.

둔촌 선생은 성격이 솔직 담백하고 뜻이 곧아 옳지 않은 것을 보면 지나치지 못했고 시에 꾸밈과 가식이 없었다. 선생의 자연스러운 시풍은

《둔촌유고》가 전한다. 일자산에는 둔촌 선생이 숨어 지냈다는 둔굴이 있으며, 산 정상에는 후손들이 항상 마음을 바르게 할 수 있는 다음과 같은 유훈을 담은 비가 새겨져 있다.

독서는 어버이의 마음을 기쁘게 하느니 시간을 아껴서 부지런히 공부하라.
늙어서 무능하면 공연히 후회만 하게 되니 머리맡의 세월은 괴롭도록 빠르기만 하느니라.
자손에게 금을 광주리로 준다 해도 경서 한 권 가르치는 것만 못하느니라.
이 말은 비록 쉬운 말이나 너희들을 위해서 간곡히 일러둔다.

문학의 향기는 시공을 뛰어넘는다. 오늘 답사한 문인들은 대부분 내일을 모르는 일제의 암흑 속에서 작품을 구상하고 창작했다. 작품 속에서 시대상을 나타내면서 우리 인간의 내면을 그려내어 감동과 교훈과 즐거움을 주었다. 지금 그분들은 가고 없어도 어려운 환경에서 태어난 작품들은 글이라는 매체를 통해서 시간과 공간을 뛰어넘어 다음 세대에 전해 준다. 이 좋은 가을에 자연과 함께 그분들의 발자취를 따라 걸어 보면서 그분들이 생각하고 전하고자 했던 인간 본성 탐구의 메시지를 새긴다. 이제 뜨겁던 햇볕도 가을과 함께 웃고 있는 이 계절에 책 한 권 들고 공원 벤치에서 읽는 재미, 그것도 사색의 여유를 찾는 즐거움의 하나가 아닐까 생각한다.

《인간과문학》 2018년 겨울호

편안한 휴식처
- 사가정공원과 신내근린공원, 봉화산옹기테마공원

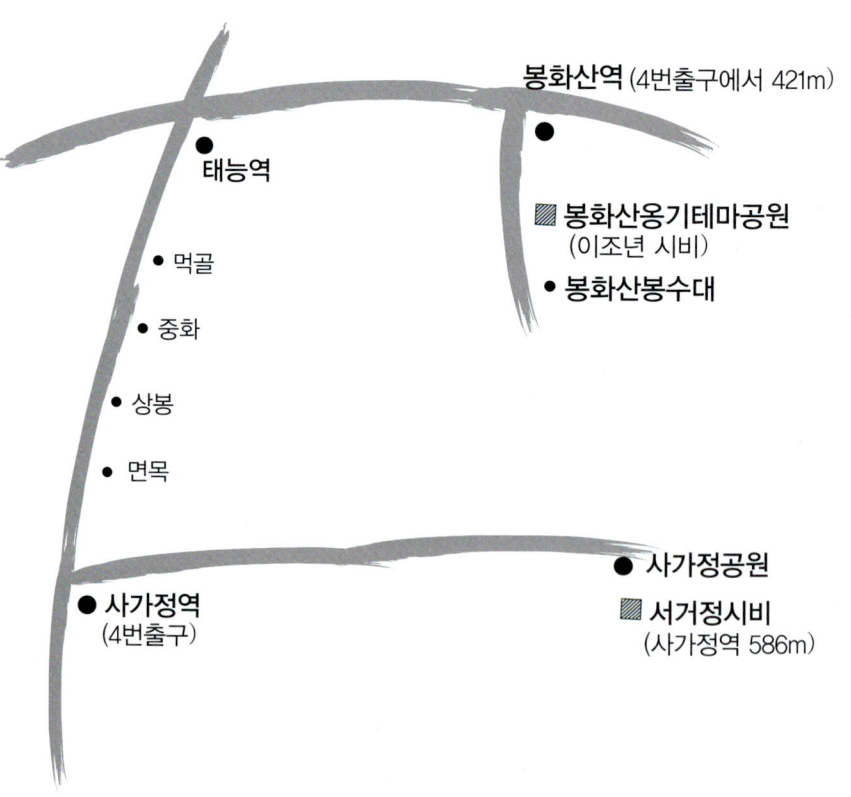

봉화산역 (4번출구에서 421m)

● 태능역

봉화산옹기테마공원
(이조년 시비)

● 먹골

● 봉화산봉수대

● 중화

● 상봉

● 면목

● 사가정공원

● 사가정역
(4번출구)

서거정시비
(사가정역 586m)

지방자치시대다. 각 지방자치단체는 지역의 특색을 살린 사업을 통해 주민과 전국에 알리고, 그 과정에서 치적을 드러내며 주민들의 자존감을 높이고자 한다. 특히 역사적 인물의 이름을 붙인 공원을 조성해 보전하는 일은 지역을 알리는 동시에 후세에도 의미 있는 유산이 될 것이라 생각된다. 예를 들면 양천구의 허준공원은 《동의보감》의 저자인 허준의 이름을 딴 것이고, 노원의 천상병공원은 시인 천상병의 이름을 붙인 공원이다. 사가정공원도 《필원잡기》, 《동국통감》의 저자 서거정徐居正의 호인 사가정四佳亭을 공원 이름으로 부르는 곳이다.

사가정공원에 가기 위해 지하철 7호선 사가정역에 내려 4번 출구를 나선다. 용마산 방면으로 향한다. 사거리를 지나고 용마산 방면으로 걷는다. 산 아래 한신아파트와 수자인아파트 사이 삼거리 앞에 공원이 보인다. 이 공원으로 서울 둘레길과 용마산으로 오를 수도 있다.

■ 사가정공원

사가정공원 시비

사가정공원은 면목동 산50-26일대에 2005년 조성·개장한 근린공원
이다. 공원에 들어서서 오르다 보니 물소리가 마음을 시원하게 한다. 오
른쪽으로 난 도로를 따라 계곡을 건너는 다리를 지나고 나면 공원 안내
판이 나오는데 여기서 30m 정도 지점에 선생의 시비가 보인다. 여기 비
문의 내용은 아래와 같다.

> 白髮紅塵閱世間백발홍진열세간
>
> 　　홍진에 묻혀 백발이 되도록 세상을 살아왔는데
>
> 世間何樂得如閑세간하락득여한
>
> 　　세상살이 가운데 어떤 즐거움이 한가로움만 같으리
>
> 閑吟閑酌仍閑步한음한작잉한보
>
> 　　한가로이 읊조리고 술 마시며 또 한가로이 거닐고
>
> 閑座閑眠閑愛山한좌한민한애산
>
> 　　한가로이 앉고 한가로이 잠자고 한가로이 산을 사랑한다네
>
> 　　　　　　　　　　　　　　　　- 서거정, 〈한중閑中〉 전문

이 시비를 뒤로 하고 사가정이란 정자까지 계속 오르다 보면 3개의 시
비를 만날 수 있다. 사가정공원은 서거정 선생이 시조에서 느낀 대로 자
연 속의 정원이다. 용마산 자락의 숲속에 휴식 공간인 벤치와 정자에서
망중한을 보낼 수 있는 곳이다. 특히 계곡에서 시원하게 흘러내리는 물
소리는 평지 공원에서는 볼 수 없는 또 다른 운치를 맛볼 수 있는 곳이
다.

서거정徐居正 선생은 1420년 세종 때 출생하여 1488년 성종 19년에
사망한 조선 전기 시대 문인학자·정치가이자 형조판서, 좌참찬, 좌찬성

등을 역임한 문신이다. 그의 저서로 《사가집》, 《필원잡기》, 《동인시문》 등이 있으며 공동으로 편찬한 《동국통감》, 《동문선》 등이 있다.

■ 신내근린공원, 봉화산옹기테마공원과 이조년 시비

신내근린공원, 봉화산옹기테마공원으로 가기 위해 지하철 6호선 봉화산 4번 출구로 나선다. 금성초등학교 건너편이 신내근린공원(신내동 652)이다. 한마디로 봉화산으로 가는 길이다. 해발 160m의 산자락에 펼쳐진 공원이다. 한때 배밭이 많았던 곳인데 아파트로 개발되는 바람에 지금은 봉화산 아래 몇 곳에만 배밭이 위치하고 있어 봄에는 하얀 배꽃이, 가을에는 노오란 배가 탐스럽게 열리는 정경을 볼 수 있는 곳이기도 하다. 사거리를 건너면 바로 옹기테마공원이란 글자와 어른과 아이가 독을 빚는 조형물이 나오는데 조형물 좌측으로 신내근린공원으로 들어서는 입구가 있다. 입구에서 조금 지나면 숲속에 시비가 보이는데 바로 이조년 선생 시비다

이조년 시비

梨花에 月白하고 銀漢이 三更인제

一枝春心을 子規야 알랴마는

多情도 病인 양 하여 잠 못 들어 하노라

- 이조년, 〈이화에 월백하고〉

여기에 시비를 설치한 이유를 시비는 다음과 같이 기록하고 있다. "봉화산을 끼고 묵동으로 가는 길은 배밭이 계속 펼쳐진 사이로 길이 나 있었다. 이 시는 고려 충혜왕 때 충신 이조년(1269~1343)이 이 소로를 따라 펼쳐진 배꽃 길을 거닐면서 야인으로 울적한 심정을 담아 읊은 시다." 이조년李兆年 선생은 고려 말의 문신이다. 강직함으로 국왕도 떨게 한 청백리이자 이름난 충신이었다. 시호는 문렬, 호는 매운당 또는 백화헌이다. 투금탄投金灘이라는 "형제간의 우애를 위해 강물에 금덩이를 던져 버린" 일화가 교과서에도 나올 만큼 유명한 형제애가 지금도 전해 온다.

봉화산옹기테마 공원

봉화산 아래에는 배밭으로 장관을 이루던 곳이었는데 1971년에 총포 화약류 도매업체가 입주하여 저장소로 사용하던 곳을 2014년 이전 완료했다. 과거에 신내동 일대가 옹기 가마가 있던 곳이라 2017년 서울시 최초로 옹기테마공원으로 조성하였고 지금은 옹기테마 체험관으로 확장하고 있는 곳이다.

봉화산 봉수대

봉화산은 해발 고도가 160미터로 높지 않으나 조선시대 봉화 터가 있는 곳이다. 데크길이 조성되어 있어 누구나 쉽게 정상에 오를 수 있다. 또한 4.2km의 둘레길도 조성되어 있어 운동을 겸해 산과 접할 수 있는 곳이다. 봉화산은 숲이 잘 조성되어 있어 휴식을 즐기기에 좋고, 정상에서는 인근 시내와 북한산·도봉산까지 바라볼 수 있는 뛰어난 조망을 자랑한다. 곳곳에 다양한 운동 시설도 갖춰져 있어 주민들이 즐겨 찾는 곳이다.

오늘은 집과 가까이 있는 공원을 답사하고 그곳의 시비詩碑를 찾아보았다. 가까이 있어 관심조차 두지 않았던 곳이다. 멀리 갈 필요도 없이 언제나 마음만 먹으면 찾아볼 수 있는 곳은 그냥 지나치기 쉽다. 무엇이든 가까이 있으면 귀한 줄을 모르는 게 인심이다. 평소에 얼굴을 맞대고 있는 가족도 그러하고 산과 강 그리고 공원도 그러하다. 하지만 필요할 때 없으면 아쉽고 허전한 것 또한 사람의 마음이다. 가까이 있는 모든 것이 소중한 법이다.

김재근 에세이

문학의 샘터를 찾아

인쇄 2026년 1월 10일
발행 2026년 1월 20일

지은이 김재근
발행인 이노나
펴낸곳 산사나무
주 소 서울특별시 종로구 창덕궁길 146-1, 302호
전 화 010-8208-6513
이메일 sansanamu22@hanmail.net
출판등록 제2022-000122호

ISBN 979-11-996754-0-7 03810

값 18,000원